U0611690

共和国的历程

丰功伟绩

解放军高级将领授衔授勋典礼举行

刘　亮　编写

蓝天出版社　吉林出版集团有限责任公司

图书在版编目（CIP）数据

丰功伟绩：解放军高级将领授衔授勋典礼举行／刘亮编写.
—北京：蓝天出版社，2014．1（2023.3重印）
（共和国的历程）
ISBN 978-7-5094-1078-3

Ⅰ．①丰…　Ⅱ．①刘…　Ⅲ．①革命故事－作品集－中国－当代　Ⅳ.
①I247．8

中国版本图书馆 CIP 数据核字（2013）第 305423 号

丰功伟绩——解放军高级将领授衔授勋典礼举行
编　　写：刘　亮
策　　划：金永吉　荆忠峰
责任编辑：祖　航　孔庆春
出版发行：蓝天出版社　吉林出版集团有限责任公司
地　　址：北京市复兴路 14 号
邮　　编：100843
电　　话：010－66983715
经　　销：全国新华书店
印　　刷：北京柏玉景印刷制品有限公司
开　　本：710mm×1000mm　1/16
字　　数：69 千
印　　张：8
版　　次：2014 年 4 月第 1 版
印　　次：2023 年 3 月第 3 次
定　　价：29.80 元
版权所有　翻印必究　如有印装质量问题，请寄本社退换

前　言

　　中华人民共和国自 1949 年 10 月 1 日成立以来，已走过了六十多年的风雨历程。历史是一面镜子，我们可以从多视角、多侧面对其进行解读。然而有一点是可以肯定的，那就是，半个多世纪以来，在中国共产党的领导下，中国的政治、经济、军事、外交、文化、教育、科技、社会、民生等领域，都发生了深刻的变化，中国人民站起来了，中华民族已屹立于世界民族之林。

　　这段时间放到整个历史长河中是短暂的，有如弹指一挥间，但它带给中国的却是极不平凡的。六十多年里神州大地经历了沧桑巨变。从开国大典到 60 年国庆盛典，从经济战线上的三大战役到经济总量居世界前列，从对农业、手工业、资本主义工商业的三大改造到社会主义市场经济体制的基本确立，从宜将剩勇追穷寇到建立了强大的国防军，从废除一切不平等条约到独立自主的和平外交政策，从"双百"方针到体制改革后的文化事业欣欣向荣，从扫除文盲到实施科教兴国战略建设新型国家，从翻身解放到实现小康社会，凡此种种，中国人民在每个领域无不留下发展的足迹，写就不朽的诗篇。

　　六十几年在历史的长河中犹如沧海一粟，但对身处其间的个人却是并非无足轻重的。其间究竟发生了些什么，怎样发生的，过程怎样，结果如何，非人人都清楚知道的。对此，亲身经历者或可鲜活如昨，但对后来者却可能只是一个概念，对某段历史的记忆影像或不存在或是模糊的。基于此，为了让年轻人，特别是青少年永远铭记共和国这段不朽的历史，我们推出了这套《共和国的历程》。

《共和国的历程》虽为故事形式，但与戏说无关，我们是想借助通俗、富于感染力的文字记录这段历史。这套丛书汇集了在共和国历史上具有深刻影响的重大历史事件。在丛书的谋篇布局上，我们尽量选取各个时代具有代表性的或深具普遍意义的若干事件加以叙述，使其能反映共和国发展的全景和脉络。为了使题目的设置不至于因大而空，我们着眼于每一重大历史事件的缘起、过程、结局、时间、地点、人物等，抓住点滴和些许小事，力求通透。

历史是复杂的，事态的发展因素也是多方面的。由于叙述者的视角、文化构成不同，对事件的认知或有不足，但这不会影响我们对整个历史事件的判断和思考，至于它能否清晰地表达出我们编辑这套书的本意，那只能交给读者去评判了。

这套丛书可谓是一部书写红色记忆的读物，它对于了解共和国的历史、中国共产党的英明领导和中国人民的伟大实践都是不可或缺的。同时，这套丛书又是一套普及性读物，既针对重点阅读人群，也适宜在全民中推广。相信它必将在我国开展的全民阅读活动中发挥大的作用，成为装备中小学图书馆、农家书屋、社区书屋、机关及企事业单位职工图书室、连队图书室等的重点选择对象。

编　者
2014 年 1 月

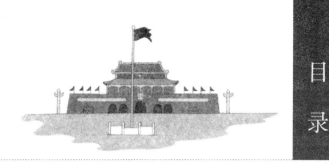

目 录

一、 授衔授勋典礼

● 周恩来从工作人员手中接过命令状，在粟裕面前站定，将手中的命令状双手递给粟裕，然后伸出右手与粟裕的手紧紧握在一起。

● 毛泽东从工作人员手中接过授予中华人民共和国元帅军衔的命令状，亲手授予站在队列排头的朱德。朱德首先给毛泽东端端正正地敬了个军礼，然后双手接过命令状。

● 走在最前面的将军方队，身着海蓝色将官礼服，佩戴金灿灿的肩章和奖章，脚踏半高腰将官靴，在火红的军旗带领下，如一片浮动着的金光闪闪的海蓝色方块，迈着整齐的步伐走来。

周恩来为在京将官授衔

1955 年，是新中国成立后最好的年景之一，政通人和，百废俱兴，第一个"五年计划"进展顺利，中苏关系正处于"蜜月"期间。

这一年的金秋时节，中国大地一片丰收景象。

在这美好的日子里，中国发生了一件非常重要的大事，那就是中国人民解放军正式实行军衔制。

1955 年 9 月 27 日，中国人民解放军历史上第一次授衔授勋仪式在北京中南海紫光阁西边的国务院礼堂里隆重举行。

国务院礼堂被装点得庄严朴素，毛泽东的巨幅画像悬挂在主席台的正面，画像的两边挂着中华人民共和国国旗。

紫光阁曾经是明代皇帝选拔武状元的地方，清代则是接见外国使臣的场所。它目睹了明朝的没落，清朝的屈辱，如今，它将见证不断走向胜利的新中国在这里为它的缔造者授予最高荣誉的庄严一幕。

在主席台上就座的有：国务院总理周恩来，副总理陈云、彭德怀、邓小平、邓子恢、贺龙、陈毅、李富春、李先念，国防委员会副主席聂荣臻、程潜、张治中、傅作义、龙云。

参加典礼的还有：国务院秘书长习仲勋，各办公室主任，各部部长和各委员会主任。他们也都应邀出席这次盛典。

主席台下，来自在京单位的 300 多人庄重肃穆地正坐在椅子上，等待那个光荣时刻的到来。

坐在会场前排的是即将被授予将官军衔的军官们。此时，他们还穿着"五○式"土黄色军装，个个军容严整、军姿挺拔地坐在那里。

14 时 30 分，光荣的时刻到来了。全国人民代表大会常务委员会典礼局局长余心清宣布：

> 中华人民共和国国务院总理，授予中国人民解放军军官暨中华人民共和国将官军衔的典礼，现在开始。下面，军乐队奏中华人民共和国国歌。

与会人员全体自动起立。随即，嘹亮激昂的国歌声响彻高大宽阔的会场。

国歌激荡着每一个人的心房，人们的心情像国歌激昂的旋律一样此起彼伏。浮现在大家眼帘的是那一幕幕激动人心的光辉岁月，多少烈士倒在胜利的中途，多少战友牺牲在胜利的前夜，他们用自己的血肉筑起新中国的钢铁长城。在这个实现梦想的光荣时刻，他们不在了，而我们要继承他们的遗志，迎着敌人的炮火，坚定地

授衔授勋典礼

前进。

国歌演奏完毕后，大家齐刷刷地坐下。

余心清的声音透过麦克风再次响起，他接着宣布：

由国务院周恩来总理授予中国人民解放军军官将官军衔。

在参加典礼之前，所有这次被授予军衔的将领都通过请柬后面的"典礼须知"知道了典礼的程序：司仪唱名，被叫到名字的将领起来答"到"，然后以一横排座位为一组上主席台受衔；上台后，在司仪引导下走到规定位置，然后向右转，面向周恩来；双手接命令状，然后敬礼。

余心清开始唱名，他喊道：

粟裕！

粟裕立即笔挺地站了起来，以洪亮的声音答"到"。

将领们一个接一个站起答"到"。每一组最后一位唱名完毕，便由组长率领列队登上主席台，走到规定地点，然后在组长的口令下，一齐向右转，面向周恩来。

周恩来从工作人员手中接过命令状，在粟裕面前站定，将手中的命令状双手递给粟裕，然后伸出右手与粟裕的手紧紧握在一起。粟裕脸上洋溢着微笑，接过命令状后，他一个立正，给周恩来敬了个标准的军礼。

周恩来继续向前走，黄克诚、陈赓、谭政、萧劲光、张云逸、罗瑞卿、王树声、许光达八位在京将领被授予大将军衔的命令状。

被授予大将军衔的徐海东因病在大连疗养，所以未参加大将授衔仪式。后来有人将命令状和军装送往大连交与徐海东大将。

待最后一名大将接过命令状后，这九位大将就在司仪指引下去后台更衣室，凭更衣证领取更换新军服，把旧军服放进新军服的空套袋内。

将军们更衣完毕后，全组列队回到会场。

此时，将军们脱去土黄色的旧军装，穿上海蓝色的西式将官礼服，个个都像换了个人一样，非常威武。

绣有金丝花边的领边和袖口，双肩戴有四颗将星的金色肩章，雪白的手套，笔直的裤线，裤子侧面红色的绲边，锃亮的牛皮将官靴，大将们威风凛凛，神采飞扬，英姿飒爽。大将们一亮相，会场上立刻响起一片热烈的掌声。

接下来，周恩来又把授予上将军衔的命令状分别授予张宗逊等在京将官，把授予中将军衔的命令状授予徐立清等在京将官，把授予少将军衔的命令状授予解方等在京将官。

会场里掌声一阵接着一阵。在这个光荣的时刻，人们用最热烈的掌声抒发着自己心中的喜悦。

授衔授勋典礼

由于参加授衔的将官人数较多，时间过去一个多小时了，只有一小半人员完成授衔。

周恩来考虑，如果这样下去，典礼不可避免地要延长，但是这样一来，坐在主席台上的党和国家领导人会疲劳，而且还会影响典礼后的其他活动。于是，周恩来决定每15人一组，读名单的人马上作了变动。这样，授衔的速度加快了。

后来，周恩来再次决定每20人一组上台接受军衔命令状，这样进行的速度就更快了。

慢慢地，会场里的土黄色逐渐被一片海蓝色湮没了，抬眼望去，一片闪亮的将星在海蓝色的背景下熠熠生辉。

在授衔即将结束时，一件意料之外的事情发生了。在台下等候授衔的队列里孤零零地只剩下一个人，周恩来一看是黄火星，就问："你是怎么回事？"

黄火星说："没听到叫我的名字，刚才听到有念'黄火青'的，但不是'黄火星'。"

周恩来马上意识到肯定出了差错，不是念错了，就是听错了。于是就让人重新宣读"黄火星"的名字。

黄火星也很庄重地独自一人走上主席台稳步向前，恭恭敬敬地接过周恩来的授衔命令状，随后向周恩来行军礼，并在热烈的掌声中走下授衔台。

这时，军乐队奏响《中国人民解放军进行曲》，在激昂有力的旋律中，典礼结束。

1950年7月4日，总政治部主任兼总干部管理部部长罗荣桓在军委部长会议的发言中，提起军衔、奖励问题，拟在总干部管理部的编制里增设军衔奖励处，并准备把1951年的首要任务定为给军队评定军衔。

经过几年周密细致的准备工作，人民解放军于1955年秋正式实行军衔制度。

踏着进行曲，军容一新的将军们迈着坚定的步伐，走出礼堂，走进北京秋天灿烂的阳光中。

毛泽东授将帅军衔和勋章

1955 年 9 月 27 日，在将官授衔典礼结束不到一个小时后，元帅授勋与授勋典礼在怀仁堂举行。

16 时，一辆接一辆的小汽车驶进中南海，停在怀仁堂前。

从汽车上走下来的是刚刚被授予将官衔的将军们。他们身穿崭新的"五五式"将官礼服，个个容光焕发，神采飞扬。在灿烂的阳光下，一队队衣着鲜亮、威风凛凛的将军们看到老熟人、老战友，都兴高采烈地相互打着招呼，怀仁堂前洋溢着一片欢乐祥和的气氛。

陈赓大将正在和一群将军们开玩笑，他抬起双手，把礼服抖一抖说："我们又穿新衣服了，又过年了。"

大家立刻哈哈大笑起来。

刚刚被授予上将军衔的陈明仁下车后，同身边的董其武、陶峙岳走到一起。他们都是国民党起义军官，此时，他们望着彼此肩膀上 3 颗金光闪闪的将星，不禁激动得互相握手，相互拍着对方的肩膀。

董其武说："共同之路又使我们会聚在一起啦！"

陶峙岳说："没有党和毛主席的宽厚政策和特别关爱，就没有我们的今天！"

陈明仁说："我们都是有罪于人民之人，能获得如此殊荣，终生都难以回报啊！"

就在三个人感慨万千时，身着土黄色"五〇式"军服的朱德微笑着向他们走来。

看到朱德，三位上将马上立正敬礼。相比与眼前三位衣着鲜亮的上将，一生戎马的朱德依然显露出无与伦比的统帅风度。

朱德与陈明仁等握手后说："你们三位是起义将领中授衔最高的，这说明共产党、解放军是没有派系之分的。董军长曾写信给毛主席，要求降为中将军衔。主席说：'按照董其武的资历和贡献，应该授上将，不能降！'陈军长和陶司令员也是功得其所，祝贺你们呀！"

陈明仁听了朱德的话更加激动，他说："主席的话，元帅的话，我们权当做一种安慰吧，其实我们真是愧对这副军衔哦！"

宽厚的朱德和蔼地说："莫要再这样想，莫要再这样想。"

就在几个人谈话时，刘少奇、周恩来以及其他党和国家领导人都来了，众将领们纷纷向领导人致敬。

典礼前5分钟，一辆黑色吉姆轿车在怀仁堂前停下，穿灰色中山装的毛泽东从车上走下来，然后在随从人员簇拥下走到后台休息室。

走进后台休息室，毛泽东看到即将被授予元帅军衔的朱德等人，禁不住开玩笑说："元帅升帐，元帅升帐喽！"

授衔授勋典礼

"哈哈哈……"大家都被毛泽东的表情逗乐了。

在这样一个值得高兴的历史时刻，最高统帅也放下了往日的威严，与大家一起高兴，一起欢乐。

在前台，会场工作人员正在做最后的准备。他们有的在给扩音器试音，有的在引导人们就座。还有人陆陆续续地走进会场。

一进入会场，人们就被怀仁堂里庄严、古朴、神圣的气氛所感染。主席台正面悬挂着毛泽东的巨幅画像，画像两侧悬挂着中华人民共和国国旗，明亮的灯光照得主席台几乎透明了。

在典礼即将开始时，毛泽东等党和国家领导人在与会人员雷鸣般的掌声中走上主席台。

在主席台上就座的有：中华人民共和国主席毛泽东，副主席朱德，全国人民代表大会常务委员会委员长刘少奇，国务院总理周恩来。

在主席台上就座的还有：全国人民代表大会常务委员会副委员长宋庆龄、林伯渠、李济深、沈钧儒、郭沫若、黄炎培、彭真、李维汉、陈叔通，国务院副总理陈云、彭德怀、邓小平、邓子恢、贺龙、陈毅、乌兰夫、李富春、李先念。

在主席台下，各位将领按预先指定的位置逐排坐好，准备观看毛泽东给元帅们授衔，等待着具有历史意义的时刻到来。

17时整，全国人民代表大会常务委员会典礼局局长余心清宣布典礼开始，军乐队奏中华人民共和国国歌。全场自动起立，人们在激昂的国歌中肃立。

起来，不愿做奴隶的人们，把我们的血肉，筑成我们新的长城……

国歌铿锵有力的节奏敲击着大家的心房，使大家都感到十分激动。人们仿佛看到那些在战斗中和胜利前夜牺牲的战友又站在自己身边，和自己一同为实现梦想而骄傲，为尽享光荣而自豪。

国歌演奏完毕后，全体就座。

接下来，全国人民代表大会常务委员会副委员长兼秘书长彭真，宣读中华人民共和国主席授予中华人民共和国元帅军衔的命令。在宣读名单时彭真说：

请接受命令的同志到主席台接受毛主席授衔。

在一片热烈的掌声中，朱德等人站起身来，迈着整齐的步伐，以标准的军人行进速度走上主席台，然后立定，向右转，站成一个横排面向毛泽东主席。

毛泽东从工作人员手中接过授予中华人民共和国元帅军衔的命令状，亲手授予站在队列排头的朱德。

朱德首先给毛泽东端端正正地敬了个军礼，然后双

授衔授勋典礼

手接过命令状。他的手有些微微地颤抖。

毛泽东和朱德握手时，他俩的目光都是那样凝重。

这时，朱德看了看毛泽东，脸上满是敬仰和欣慰。毛泽东脸上则荡漾着一丝笑意，似乎在说：井冈山的老伙计，你可是新中国历史上最早被授衔的元帅啊！这个殊荣你是当之无愧的啊！

朱德接过命令状后，与毛泽东用力地握了握手。然后，毛泽东走向彭德怀等人，将中华人民共和国元帅命令状亲自交到他们手中。

林彪、刘伯承因病在青岛疗养，叶剑英担任辽东半岛抗登陆战役演习总指挥，正在大连进行演习的筹划工作，因而他们未出席大会。

授予元帅军衔仪式结束后，会场稍事休息。在这段时间里，朱德等元帅到后台换上崭新的"五五式"海蓝色元帅礼服后，回到会场坐下。七位元帅身着海蓝色元帅礼服，威风凛凛地坐在会场的最前排，在一片将星中，元帅肩膀上熠熠生辉的国徽显得更加耀眼夺目。

全场响起热烈的掌声。

元帅们坐好后，授勋典礼正式开始。

彭真宣读了中华人民共和国主席授予中国人民解放军在中国人民革命战争时期有功人员勋章的命令。被授予勋章的人员共1000多人，仅宣布命令就用了30分钟。

接着，由中央军委总干部管理部军衔奖励处副处长吴之凡、总政干部部军衔奖励处副处长周之同和王迪康负责检查，确认所授勋章的准确性后放入托盘，由全国人民代表大会典礼局局长余心清递给毛泽东。毛泽东再逐一把一级八一勋章、一级独立自由勋章、一级解放勋章，分别授予在中国土地革命战争时期、抗日战争时期、解放战争时期参加革命战争的有功人员。还有在解放战争时期直接领导原国民党军队起义的有功人员，对人民解放战争有功的人员，以及对和平解放西藏等地区的有功人员。

在热烈的掌声中，朱德、彭德怀、贺龙、陈毅、罗荣桓、徐向前、聂荣臻七位元帅，首先登上主席台。

这时，军乐队演奏起胜利进行曲。毛泽东双手将一级八一勋章、一级独立自由勋章和一级解放勋章授予站在队伍前列的朱德，朱德向前微微倾斜身体，双手接过勋章，然后敬礼。

毛泽东与朱德握手，向他表示祝贺。

然后，毛泽东走向彭德怀，授予他一级八一勋章、一级独立自由勋章和一级解放勋章。

接着，毛泽东分别授予贺龙、陈毅、罗荣桓、徐向前、聂荣臻一级八一勋章、一级独立自由勋章和一级解放勋章。

元帅们首先向自己的统帅敬礼，然后双手接过勋章。毛泽东授予勋章后与自己的战友们热烈握手，向他们表示祝贺。

会场上响起雷鸣般的掌声。

　　林彪、刘伯承、叶剑英三位元帅因不在典礼现场，事后予以补授。

　　元帅授勋结束后，毛泽东又给粟裕、黄克诚、陈赓、谭政、萧劲光、张云逸、罗瑞卿、王树声、许光达九位大将授勋。他们穿着崭新的"五五式"海蓝色将官礼服上台授勋。徐海东因未在典礼现场，事后予以补授。

　　随后，上将军衔以下的将军们是 10 个人一排，上台授勋。按获得 3 枚一级勋章、2 枚一级勋章、1 枚一级勋章的顺序依次授勋。

　　当毛泽东把两枚金色的一级勋章授予冯仲云后，还紧紧地握着他的手说："你是冯仲云，是东北抗日联军的。"

　　冯仲云连连点头。

　　毛泽东又说："你们东北抗联，比我们长征还要艰难、艰苦。"

　　冯仲云满怀激动地回答："谢谢主席，这个不光是给我的荣誉，而且是给我们满洲地下党省委和东北抗联的同志 14 年浴血奋战的荣誉。"

　　冯仲云已经在地方任职，是原东北抗日联军第三路军政委。本来按照规定，原则上只授予现役军人，但是因为冯仲云战功显著，依然被授予一级八一勋章和一级独立自由勋章。

　　与冯仲云情况相同的还有原东北抗日联军副总指挥周保中和原琼崖纵队司令员冯白驹，也因为在军队的卓越贡献，被授予 3 枚一级勋章。但是，他们都没有出席授勋仪式。

在授勋仪式上，除解放军将领以外，能引起大家注目的就是起义的国民党高级将领程潜、傅作义、张治中、卢汉、刘文辉、高树勋、邓宝珊、裴昌会、邓锡侯、张修、潘朔端等人，还有当年战斗在国民党营垒里的地下党员何基沣、张克侠，他们虽然都已不在人民解放军中任职，但都被授予了一级解放勋章。不过，他们中有些人没有参加授勋典礼。

已被授予上将军衔的陶峙岳、董其武、陈明仁和中将军衔的韩练成、曾泽生、阿沛·阿旺晋美，以及少将军衔的林遵、邓兆祥等均被授予一级解放勋章。

18 时 30 分，授衔和授勋典礼在军乐欢快的《胜利进行曲》的旋律中圆满结束。

佩戴勋章的将帅们满脸笑容，喜庆洋洋地走出会场，向怀仁堂休息室走去，准备参加即将举行的庆功宴会。

在怀仁堂举行庆祝晚会

授衔授勋仪式结束后，出席仪式的将帅们在一片霞光中来到怀仁堂休息室，他们将在这里稍事休息后，参加庆祝授衔、授勋的酒会和晚会。

此时，暮色笼罩北京，中南海里华灯初上，回荡着悠扬的乐曲声。休息室里，走出战火走进辉煌的共和国开国将帅们欢声笑语，追溯着辉煌的革命历史，畅想着美好的未来。

身着元帅服的朱德总司令走进休息大厅，海蓝色的元帅服、金色的元帅肩章、闪闪发亮的奖章，使这位共和国第一元帅越发显得魁梧精神。大家的目光不由自主地就被深深吸引住了。

看到大家都在望着自己，朱德笑着向大家抱拳说："各位来得早。"

陈毅笑着对朱德说："老总，你穿上这身行头好漂亮嘛！比南昌起义时还年轻啊！"陈毅的话引起大家一片欢快的笑声。

幽默而富有诗人气质的陈毅又转身问贺龙："元帅阁下，当初你在南昌同叶挺打响第一枪时，可曾想到要当元帅？"

在革命战争中被战友们亲切地称为"贺胡子"的贺

龙元帅摸了摸胡子说："元帅？我连这是第一枪都没想到，我只想怎么打好这一枪。"

周恩来正好走过他们身边。看到周恩来，陈毅向他敬了个军礼，立正说："周副主席！"

贺龙说："总理应是未授军衔的元帅。"

周恩来听了，一边仰头大笑，一边连连摆手说："不，不，我只是政府的一个工作人员，为诸位元帅当后勤。"

休息室里一片欢乐的气氛，笑声不断响起。

时针接近19时，身着元帅服和将军服的功臣们，在工作人员的招呼下走出怀仁堂，来到怀仁堂后面的草坪上。

此时，淡淡的晚霞悄悄地在天空上渲染出一片金红，几颗早起的星星眨着眼睛好奇地看着这里的一切。

怀仁堂外的草地上，早已摆好了长形木桌，上面杯盘鳞次栉比，盛满了丰盛的面包、点心、冷拼、蔬菜和啤酒，还有各种饮料、水果等。

19时整，由国务院总理周恩来主持的庆祝授衔授勋的庆功酒会正式开始。

毛泽东主席因公未出席酒会。

出席这个盛大酒会的党和国家其他领导人有：全国人民代表大会常务委员会委员长刘少奇和全国人大常委会副委员长、国务院副总理、中国人民政治协商会议全国委员会副主席。

授衔授勋典礼

在碟盘碰撞声和开启香槟酒的"砰砰"声中，周恩来用欢快的语调，简练地来了个祝酒词：

> 让我们为中国人民的伟大胜利，为中国共产党领导的武装斗争的胜利，为毛主席、为中国人民解放军全体官兵、为元帅们、将官们和所有荣获勋章的有功人员的健康而干杯！

大家齐声高呼：

> 干杯！
>
> 干杯！

接着，将帅们和党政各界人士端着酒杯在草坪上走来走去，互相碰杯祝贺。

刘少奇看见被授予中将军衔的徐立清正兴高采烈地与熟悉的将帅们举杯祝贺，就叫了一声"徐立清"。

徐立清急忙来到委员长跟前，刘少奇说："你是一名应该授上将而没授上将军衔的中将。"

徐立清本来被授予上将军衔，但他坚决要求给自己授中将军衔。

听了刘少奇的话，徐立清说："您本该授元帅不是也没要嘛，您永远是我学习的榜样呀。"

正说着，彭德怀也来到徐立清面前说："你两个'金豆'的含量可不一般哦!"

这时，军乐队奏响舞曲，舞会开始了。被授予上将军衔的陈明仁与夫人肖毅手拉手地在柔美的灯光辉映下，率先翩翩起舞。顷刻之间，在场的将军与夫人纷沓而至，跳起舞来，舒缓的乐曲声把人们带入幸福、快乐的气氛之中。

威武漂亮的军装，轻盈欢快的舞姿，加上杯中的美酒，在这个庆祝辉煌与光荣的夜晚交相辉映，相映成趣。

酒会结束后，在怀仁堂又接着举行了盛大的文艺晚会，整个庄重肃穆的怀仁堂顿时欢快起来，歌声四起，充满了祥和的气氛。

就在这时，毛泽东和中央的其他领导同志都来了，全场人员纷纷起立，会场里立刻响起热烈的、长时间的掌声。

在这样一个特殊的历史时刻，能看见领导自己取得胜利的统帅，大家都觉得特别幸福。

毛泽东坐下以后，大家却不肯坐下，还继续站着，后边的人踮着脚想多看看毛主席。

毛泽东又起身示意，回头先往后看一看，让大家都坐下。大家都坐下以后，演出才正式开始。

由中国人民解放军总政治部文工团、中国京剧院、北京市京剧二团等文艺团体联合演出了精彩的歌舞、京剧节目，京剧名家梅兰芳和马连良等也上场表演，把晚会推向了高潮，获得了将帅们的阵阵喝彩。

授衔授勋典礼

　　欢快的锣鼓声，热烈的喝彩声，雷鸣般的掌声，愉快的笑声，冲出怀仁堂，冲向夜空，尽情挥洒着共和国功臣们的喜悦之情。

　　在这个凝聚着光荣与梦想的时刻，为创建共和国建立不朽功勋的人们，尽情地欢笑，畅想，为昨天的胜利高兴着，为美好的未来畅想着。

将军方队出现在阅兵式上

1955年10月1日上午，天安门广场举行盛大的阅兵式和群众游行，庆祝中华人民共和国成立六周年。

当毛泽东等党和国家领导人出现在天安门城楼上时，广场上数以万计的群众沸腾了，暴风雨般的掌声在广场上一阵接着一阵，"毛主席万岁！""中国共产党万岁！""中华人民共和国万岁！"的口号声如潮水一般一浪高过一浪。

10时整，北京市市长彭真宣布首都人民庆祝国庆大会开始。立刻，广场上响起了欢腾的礼炮声，军乐队也奏起激昂雄壮的国歌。

国歌演奏结束后，从天安门城楼西边开来了一辆黑色敞篷轿车，身穿"五五式"军礼服的国防部长彭德怀元帅挺拔地站在车上，元帅肩章和勋章在阳光下熠熠生辉。

轿车在天安门前停下，与站在从东边开过来的一辆黑色敞篷轿车上的北京军区司令员杨成武上将会合。杨成武向彭德怀大声地报告："受阅部队准备完毕，请首长检阅。"

接下来，在杨成武的陪同下，彭德怀检阅了受阅部队。彭德怀的汽车经过受阅部队时，军官们立刻举起手

授衔授勋典礼

臂敬礼,士兵则举枪行礼。

彭德怀大声说:"同志们好!"

官兵们齐声回答:"首长好!"

彭德怀大声说:"同志们辛苦了!"

官兵们齐声回答:"为人民服务!"

受阅部队穿着崭新的"五五式"军装,佩戴新式领章、肩章和帽徽,显得英姿挺拔,威武雄壮。在观礼台上的海内外人士被这支部队威武严整的军容震动了,露出惊讶的表情。

检阅部队后,彭德怀元帅登上检阅台,向中国人民解放军全体官兵发布命令:

六年来,全国人民在中国共产党、中央人民政府和毛泽东主席领导下,在国家建设的一切战线上都取得了伟大的成就。武装力量的现代化建设也已经取得了空前巨大的成就。《中华人民共和国兵役法》的颁布和实施,将为我国武装力量建立强大的兵源后备,军官服役条例的施行和军衔的授予,更鼓舞了全体军人的爱国心和荣誉感。

为了保卫祖国的独立和安全,为了保卫社会主义建设事业,为了解放台湾和维护世界和平,全体官兵必须时刻提高警惕,保持战斗准备,努力加强各部队的军事训练和政治训练,严格遵守各种条令制度，爱护武器和资产，增强军内外的团结，发扬革命英雄主义的光荣传统，在一切岗位上忠诚地履行《宪法》赋予的崇高职责。

10 时 25 分，分列式开始。

接受检阅的 27 个阅兵方队，分别代表着中国人民解放军陆海空三军各部队的特点和特色。

由军事学院组成的将军方队、石家庄步兵学校组成的步兵方队、第四炮兵学校组成的炮兵方队、第一坦克学校组成的装甲兵方队、第十航空学校组成的空军方队、伞兵教导师组成的伞兵方队、大连海军学校组成的海军方队、青岛海军学校组成的水兵方队，庄严威武、气势如虹地经过天安门，接受党和人民的检阅。

当阅兵方队的官兵迈着整齐有力的步伐威武亮相的时候，广场上的数十万群众一片欢腾。

走在最前面的受阅部队是由军事学院组成的将军方队。他们身着海蓝色将官礼服，佩戴金灿灿的肩章和奖章，脚踏半高腰将官靴，在火红的军旗带领下，如一片浮动着的金光闪闪的海蓝色方块，迈着整齐的步伐走来。数百人袖口上的金色绣饰和白手套一起摆上甩下，整齐得就像一个人。

走在队伍最前头的是 37 岁的将军旗手吴夺华少将。他是阅兵总指挥几乎翻阅了所有将军档案才选出来的。

授衔授勋典礼

当身高 1.80 米，相貌堂堂、威武端庄的吴夺华率领受阅部队向观礼台致敬时，热烈的掌声响彻广场，经久不息。

观礼台上的外国军官一片惊讶：中国也有军衔了！

在海蓝色的将军方阵后，是绿色步兵方阵，白色的水兵方阵，轰然前进的装甲兵方阵……他们似一道不可抵挡的铁流走进天安门广场。新中国的人民军队以崭新的面貌出现在世界面前。

将军方队的出现，向全世界宣告，中国人民解放军走出了没有军衔的历史，开始走上正规化、现代化的进程。人民解放军官兵，以严整威武的英姿，焕然一新的面貌，展现在世人面前，在正规化建设的道路上迈出新的步伐。

二、 军衔制的出台

● 中苏虽然是友好邻邦，但在涉及军人荣誉的问题上，两国军人都坚持己见，各不相让。

● 毛泽东看到皮定钧在少将之列，就提笔写下"皮有功，少晋中"。

● 经过几个月细致、缜密的工作，到 1955 年国庆节前，全军军官的评衔工作基本完成，总政治部和总干部管理部拿出了一个初步方案。

中央军委提出实行军衔制

1949 年 10 月 19 日，中央人民政府人民革命军事委员会在北京中南海成立，这是新中国最高军事领导机构。

中央人民政府人民革命军事委员会成立不久，军委领导们就把重新实行军衔制提上议事日程。为此，毛泽东向全军发出建设现代化革命军队的号召，人民解放军开始迈出了向正规化、现代化进军的新步伐。

军衔制对一支正规化的军队来说，有着非同寻常的意义，这主要体现在军衔制有利于提高军人的荣誉感和责任心，加强军队的组织纪律，方便部队各兵种之间的协调指挥及保障管理，从而促进军队的正规化建设。另外，军衔制对于军队与国际联盟协同作战及军事交流也有着重要作用。

因此，刚一建国，高瞻远瞩的军委领导就决定重新建立起军衔制。之所以说"重新建立"，是因为我军在建国前曾经三次试行军衔制，但都因为种种原因没有彻底施行。

人民军队自 1927 年诞生后便一直处于严酷的战争环境中，物质条件艰苦恶劣，有时部队连饭都吃不上，因此，在相当长的一段时间里，我军长期实行官兵平等的制度。

毛泽东在《井冈山的斗争》一文中记录了当时的艰苦条件："从军长到伙夫，除粮食外一律吃五分钱的伙食。发零用钱，两角即一律两角，四角即一律四角。"

这种军事共产主义的生活，持续了很长一段时间。后来，随着条件的变化，军队内部的生活待遇开始按照职务等级有所区别，但总的来说，至抗战初期，各级官兵在待遇上大体上是平等的。

抗日战争爆发后，在中国共产党的积极努力和全国人民的抗日呼声下，国民党与共产党实现了第二次合作。当时，国民党军队实行军衔制，为了便于国共两党、两军的合作，党中央开始拟议实行军衔制。

1937 年 8 月，中国工农红军被改编为国民革命军第八集团军和国民革命军新编第四军。

在这种情况下，红军总政治部在《关于新阶段的部队政治工作的决定》中指出：

红军的改编，在某些程度上有了原则上的改变（如采用官阶制度等）。

文件强调，国共合作后，红军不但要改名为八路军，还要在形式上实行军衔制度。这是我军关于军衔问题的最早的正式文件。在当时，军衔制在红军中被称为"官阶制度"。这是我军第一次尝试实行军衔制。

1939 年初，为适应国共合作的需要，并参考国民党

军队的军衔衔级，我军对少数同志授予了军衔。例如，当时任国民政府军事委员会政治部副部长的周恩来被授予中将军衔。同时，为便于同国民党军及盟军的联络，八路军办事处的工作人员也被授予了相应军衔。

然而，就在我军准备在全军普及军衔制的时候，奉行"假抗日，真反共"政策的国民党和日本侵略军对根据地进行疯狂扫荡，对抗日军民实行严酷的经济封锁，妄图在经济上扼杀人民军队。

这样，我党、我军出现了前所未有的经济困难，不得不"自己动手，丰衣足食"。在这样的形势下，党中央于1942年4月24日作出决定：

军队中暂不规定等级军衔。

我军第二次试行军衔制又因为敌人的疯狂进攻而暂停。

这种情况一直持续到1945年8月抗日战争取得全面胜利。

1945年9月15日，苏联红军远东军区司令部一名上校联络官从沈阳飞抵延安与中共中央联系，希望派一些中国干部到东北协调中苏两军的行动。中央决定派政治局委员彭真等6位同志随苏军飞机前往。

为了方便对等沟通，9月16日，中央作出决定，以军委主席毛泽东的名义授予彭真、陈云、叶季壮中将军衔，伍修权少将军衔，段子俊、莫春和上校军衔。

虽然这次授衔是临时性的，但这是毛泽东第一次以中央军委主席的名义对我军干部授予军衔。

1946年2月24日，中共中央根据同国民党签订的"双十协定"和"停战协定"精神，发出《关于军队整编的若干问题的指示》，提出：

我军各级干部即须执行将校尉的正规制度。

按照这个指示，中央军委率先给人民解放军参加"军事调处执行部"的工作人员授衔，叶剑英等授予中将军衔，陈赓等授予少将军衔，符浩等授予上校军衔，华诚一等授予中校军衔，王少庸等授予少校军衔。

然而，就在整个部队的授衔工作紧张准备之际，蒋介石撕毁停战协议，发动了全面内战，我军第三次授衔工作不得不再次停止下来。

我军在新中国成立前的这三次建立军衔制的举措，要么是临时性举措，要么因战争环境影响及"超过现有物质基础"等原因而不得不中止。

中央军委把实行军衔制的问题重新提上议事日程后，中国人民解放军就从干部配备、组织编制、各项制度、武器装备、工作计划，包括级别、服装、薪金等方面开始着手统一，为日后正式实行军衔制做准备。

首先是对军队进行精简整编。通过撤销番号、合并

军衔制的出台

统编、复员转业，把全军550万人精简至400万人。与此同时，将陆军统编为国防军和公安部队；全国重新划分出西北、西南、中南、华东、东北和华北6个大军区；并陆续正式组建空军、海军、防空军、公安军、炮兵、装甲兵、工程兵、铁道兵、防化兵、通信兵等领导机关及部队，使我军向建设多军兵种合成的正规化军队的轨道迈进。

其次，中央军委指示相关部门设计、发放全新的"五〇式"军服、徽章、装具，装备人民解放军和人民公安部队。

这是我军第一次发放在全军范围内统一的军服。而且陆军、公安部队团以上干部，海、空军机关营以上干部，伞兵部队、海军舰艇部队和海校学员，配发呢子军服。这是我军首次发放制式呢料军服。我军的装备建设从此走出了靠缴获升级换代的历史，开始有步骤有计划地升级各种装备。

最后，为了建立与军衔制相配套的干部管理制度，1950年9月4日，中央军委又设立了与"三总部"职能平行的总干部管理部，统一领导全军的干部管理工作，由总政治部主任罗荣桓兼任部长，赖传珠、徐立清任副部长。

该部下设3个局和5个处，其中就有管理全军军衔和奖励工作的专门机构军阶（军衔）奖励处。

这标志着我军正式开始研究、筹划军衔制的问题。

同年9月13日，总干部管理部在北京召开成立大会。在会上，朱德总司令提出："部队三等九级的等级制度必须建立"，"应尽量争取明年在服装上便能把阶级（军衔）表明出来"。

　　到了12月30日，总干部管理部在呈报中央军委毛泽东主席和刘少奇、朱德、周恩来副主席的工作总结报告中，拟把"研究军衔实施的准备工作"列为1951年的主要工作之一。

　　由此，在全军实行军衔制度便被提到统帅部议事日程。

军衔制的出台

中央军委下发干部评级指示

1951 年 2 月 15 日，中央军委下发《关于干部评级工作的指示》。在这份文件中，中央军委明确指出，这次评级就是为将来实行军衔制做准备。

> 评级可为今后实行军阶（军衔）制度，奠定初步基础。

这份文件还规定了这次评级的主要依据是"德、才、资"，而且应以德、才为主，资为次。文件对评级过程中所应掌握的原则也作了说明：

> 在执行过程中，不能孤立地看待三个依据，还必须互相结合，反映出一个干部的全貌与本质。

《关于干部评级工作的指示》对在一些特殊情况下应掌握的原则进行了规定：

对于资深干部应区别 3 种情况处理：

1. 资深，德才均好，但过去因客观条件或身体情况限制，发展较慢者，应适当照顾；

2. 资深，对革命忠心耿耿，但能力稍弱者，亦应当照顾；

3. 资格虽老，但一贯工作搞不好，则不应照顾。

这份文件还指出，评级工作应当于当年完成。后来，中共中央提出整党任务，为了使评级工作在思想、组织上准备得更加充分，中央军委决定1951年试评，以取得经验，到1952年时结合整党进行。

到了1951年的国庆节，毛泽东收到彭德怀从朝鲜前线发来的电报，电报提出国内应考虑备战措施，其中提到：

> 我人民解放军来自各根据地，许多具体制度不一致，目前统一教育、编制、纪律、内务规则、礼节已非常必要。长期无官阶制度，一是评定官阶是困难的，目前宜采取过渡办法，规定职务识别，在目前战斗中已感必要。

彭德怀对国内正在进行的军队干部评级工作表示支持，并指出，这是在当前情况下评定军衔的过渡办法。

中央军委2月的"指示"规定：

军衔制的出台

凡人民解放军所属陆、海、空军各兵种，所有部队、机关、学校，由军级至排级全体干部均进行评级

……

任职 3 年的班长，及具有 5 年军龄之警卫员、通信员、电话员、侦察员、卫生员、驾驶员、老战士等均可参加评级。

该"指示"设置了正级以下的 15 个级别，要求各部队 1951 年上半年选择各种类型单位有重点地进行试评，取得经验后再行普评。

1952 年 3 月 14 日，中央军委发布《评定各级干部等级的指示》，其中确定军队干部级别为 9 等 21 级：

一等：军委主席、副主席、总司令级；

二等：大军区司令员、政委级，军委委员级；

三等：正兵团级，副兵团级，准兵团级；

四等：正军级，副军级，准军级；

五等：正师级，副师级，准师级；

六等：正团级，副团级，准团级；

七等：正营级，副营级；

八等：正连级，副连级；

九等：正排级，副排级。

这个"指示"下达后，首先在华北、华东、西南、西北军区若干单位试评，在中南军区全面评定。然后，4月份，根据总干部管理部指示，全军干部评定工作全面展开，1952年底基本结束。

干部评级工作结束，全军评级情况如下：第一等军委主席1人，军委副主席3人；二等大军区司令员、政委7人，军委委员8人；三等正兵团级36人，副兵团级42人，准兵团级57人；四等正军级203人，副军级345人；五等正师级446人……

干部评级工作的圆满结束，使我军各地区、各部队之间的干部级别取得了大体上的一致，从而为在全军实行军衔制创造了有利条件，奠定了良好的基础。

军衔制的出台

总干部管理部酝酿军衔制

1952 年底，全军干部评级工作结束，我军实行军衔制的工作有了一个良好的开端。于是，有关部门就着手研究军衔制的问题。

1952 年 11 月 13 日，中央军委在北京中南海居仁堂召开例会。此次会议向军委委员们传达中共中央的重要决定：中国人民解放军将于 1954 年 1 月实行征兵制、薪金制、军衔制、勋章奖章制四大制度。

主持会议的彭德怀在对中共中央的决定进行解释时说：

> 实行这些制度，对我军来说，是一项重大改革，也可以说是我国当前国防建设的根本起点。军委应当召开专门会议详细讨论具体准备工作。

这次会议结束后没几天，彭德怀又特意召集有关部门就实行四大制度的准备工作进行讨论。

经过讨论，与会人员深刻认识到实行军衔制是我军正规化建设的需要，是多兵种协同作战的需要，也是激励官兵上进心和荣誉感的需要。

有人发言说："新中国成立以来，我军同外军的交往一天天多起来，没有军衔实在不方便。1951 年在板门店同美国人谈判，人家有军衔，我们没有军衔，往后总不能一直这样吧？如果实行了军衔制，我们和对方平起平坐，也可叫某某将军、某某上校了，这样还是好的。"

这次会议召开后不久，1952 年 11 月 26 日，总干部管理部向中央军委提交了关于《1953 年军衔准备工作计划》的报告。

在这份报告中，新中国的军衔被设计为 6 等 21 级：

元帅 3 级：大元帅，国家元帅，兵种元帅；

将官 5 级：上将，准上将，中将，少将，准将；

校官 3 级：上校，中校，少校；

尉官 4 级：上尉，一级中尉，二级中尉，少尉；

军士 4 级：准尉，上士，中士，下士；

兵 2 级：上等兵，列兵。

这份报告是由总干部管理部罗荣桓部长率领赖传珠、徐立清副部长，以及总政治部、总后勤部、中央军委军务部等业务部门与苏联军事顾问卡苏林一起酝酿起草的。

尽管考虑了诸多问题，这个标准相对于其他国家还是比较低的，尤其是正军级、正师级分别比外军低 1 到 2

军衔制的出台

级。之所以如此，是与我军当时积极学习苏联经验分不开的。

毛泽东曾在 1953 年元旦发出号召：

> 永远不要骄傲自满，一定要将苏联的一切先进经验都学到手，改变我军的落后状态，建设我军为世界上第二支最优良的现代化的军队，以利于在将来有把握地战胜帝国主义军队的侵略。

正是在这个思想的指导下，我军评衔标准完全借鉴了苏联的经验。

1953 年 8 月，苏联顾问团总顾问皮特鲁塞夫斯基中将在总干部管理部顾问卡苏林少将的陪同下，到总干部管理部了解军衔制的准备情况。其间，皮特鲁塞夫斯基提出了几条意见，他特别强调：根据苏军经验，首次授衔时，一般要压低 1 到 2 级，这样才能为今后的晋升留出空间。

在酝酿起草这份报告的过程中，总干部管理部参考苏联军衔并结合我军特点，在少将与上校之间增加"准将"一级。这样是为了解决军衔制实施后，军长和副师长同为少将的问题。

但是，苏联军事顾问卡苏林却反对这个设计。卡苏林认为，苏军没有"准将"这一军衔，苏联军队中的副师长通常就是上校。如果中国军队设置了"准将"这一军衔，那么副师一级的军官就可以被授予准将，这样一来，本来与苏军同等的中国军队副师长就可能高于苏军的同等军官军衔。这在未来两军交往过程中将对苏军军官不利。

中苏虽然是友好邻邦，但在涉及军人荣誉的问题上，两国军人都坚持己见，各不相让。

由于对是否设"准将"的问题不能达成一致意见，总干部管理部呈请中央军委裁定。中央军委经过慎重考虑，最终取消了"准将"这一级的设置。

这样，经过中苏双方共同酝酿研究的中国军队军衔等级设置的第一套方案拟设6等20级：

元帅3级：大元帅，国家元帅，兵种元帅；

将官4级：上将，准上将，中将，少将；

校官3级：上校，中校，少校；

尉官4级：上尉，一级中尉，二级中尉，少尉；

军士4级：准尉，上士，中士，下士；

兵2级：上等兵，列兵。

1953年2月22日，总政治部发出《关于实施军衔制度准备工作的几个具体问题的规定》，明确由总干部管理部主持草拟《中华人民共和国人民解放军军衔条例》、

《中华人民共和国人民解放军军官服役条例》等方案。

总干部管理部在草拟《中华人民共和国人民解放军军衔条例》时，以第一个军衔方案为基础，在这个方案中充分考虑苏联方面的意见，同时还参考朝鲜的军衔制度，并结合我军的具体情况，又拟订出一个6等21级的方案：

元帅3级：大元帅，国家元帅，兵种元帅；

将官4级：大将，上将，中将，少将；

校官4级：大校，上校，中校，少校；

尉官4级：大尉，上尉，中尉，少尉；

军士4级：准尉，上士，中士，下士；

兵2级：上等兵，列兵。

后来，《中华人民共和国人民解放军军衔条例》作为《中华人民共和国人民解放军军官服役条例》第二章"军衔和肩章符号"合并为一个文件。

到1953年9月，中央军委根据当时军队的实际情况，决定授衔、授勋应待军队组织编制确定、兵役法颁布实施后再进行。这样，已经筹备和酝酿一年多的军衔制度准备工作暂告一个段落。

1955年2月8日，由国家主席毛泽东批准公布的《中国人民解放军军官服役条例》（简称《军官服役条例》）在第一届全国人民代表大会常委会第六次会议上通过。

这标志着经过 5 年时间酝酿的中国人民解放军军衔制终于诞生了。与此相配套的兵役制、薪金制、勋章制等制度先后颁布。

从此，人民军队摆脱了胜利而不正规的历史尴尬，走上正规化、现代化的发展道路。

军衔制的出台

总政治部总干部部制定评定军衔方案

1955 年 1 月 23 日，中央军委发布《关于评定军衔工作的指示》，对军衔评定的范围和标准作出规定。

关于标准，军委认为应当以干部的级别为主要依据，并参照编制军衔的规定，进行全面衡量。

具体规定如下：

正兵团级，多数可评为上将；

副兵团、准兵团级，多数可评为中将；

正军级、副军级、准军级，多数可评为少将。

关于范围，中央军委在《关于评定军衔工作的指示》中规定，军官军衔的评定授予分两期进行，第一期评定授予现役军官军衔，第二期评定授予预备役军官军衔。第一期评授军官军衔的人员，包括以下 6 类：

1. 在中国人民解放军编制序列内和临时建制单位，即如国防、营房、公路建筑工程指挥部、各种训练班、留守处内的军人；

2. 在中国人民解放军的各种学校（院）学

习的军官和学习毕业的军人；

3. 由军队派到工厂的军代表、检验员；

4. 由军队派到政府机关、生产企业部门、地方学校担任军事工作或军事教育工作的派遣军官；

5. 由军队送至地方学校，如马列学院、党校、中央团校、政法干校及其他学校代为训练毕业后仍回军队工作的军官；

6. 由我国政府派到国外任武官职务的军官。

军士和兵，除已改为工薪制和准备改为工薪制的人员外，均评定授予现役军衔。

虽然这个指示给军衔评定工作指明了方向，但在具体执行过程中还是遇到了一些难题。

首先是很难对干部作出准确客观的评价。评定军衔并不是纯粹的"论资排辈"，也不是简单的"论功行赏"，除了以干部级别为参考之外，还要考虑资历、战功等许多因素。

总干部管理部原本计划授予皮定均为少将，授衔名单报到毛泽东那里，毛泽东看到皮定均在少将之列，就提笔写下"皮有功，少晋中"。无独有偶，韩先楚在最初也被授予中将军衔，毛泽东在审阅时批示"韩有功，中晋上"。

军衔制的出台

如果不是毛泽东最后把关，那么这两位将军很可能就被评低了。

不过，给数万老革命、老红军评定军衔原本就是一个非常艰难的任务，特别是很多人的档案在战争时期因为种种原因没有保存下来，这就更增加了这项工作的难度。所以，有些人的评级最后并不完满也是在所难免。

除此之外，对高级将领评衔还要兼顾"山头"问题。

山头是战争时期根据地的俗称，中国革命就是首先建立大大小小的根据地，然后连成片才取得成功的。正是由于这个历史原因，我军内部形成了大大小小的"山头"，如红军时期的三个方面军，抗日战争时期的八路军三个师和新四军，解放战争时期的五大野战军等等。

如何在评定军衔时平衡各个"山头"的关系，是总干部管理部最为注重、也最难解决的问题。

对于这个问题，总干部管理部部长罗荣桓在内部会议时强调：

我们的干部工作一定要坚持任人唯贤，搞五湖四海，这要从总政做起……

从红军来讲，要照顾几个方面军；从抗日战争来讲，要照顾到各个根据地，八路军、新四军；从解放战争来讲，要照顾到各个军区和各个野战军。各个方面军、各个根据地、各个军区和野战军都有不同的经验和工作作风，各方面的干部在一起工作，可以广泛交流经验，便于从各个方面了解熟悉情况，有利于我军的建设。

为了实现干部工作"五湖四海"的原则，罗荣桓在组建总政治部和军委总干部管理部时，向军委建议，由原红一方面军、红四方面军、红二方面军工作过的同志任总政治部副主任和总干部管理部副部长，总政治部机关各部门的正副部长、正副处长和其他干部的配备，也是从各野战军选调的。

通过内部调整，罗荣桓解决了人们"眼睛向上"的问题，从而使人们相信总政治部的评衔工作。

接下来，他又领导总政治部和总干部管理部的同志们，采用先树标杆后排队平衡的办法，逐一给每个干部评定军衔，从而解决人们"眼睛向下"的问题，帮助大家客观地看待自己。

罗荣桓要求工作人员按照上述原则，首先选出各类人员的标杆，然后按每个人的具体情况反复进行衡量比较，最后提出评定军衔等级的意见。对于每人应授什么军衔，主要是根据现任职务，对军队建设的贡献、战功和现实的德才表现，并适当考虑个人资历，同时又做全面衡量。

在确定评衔的依据时，总干部管理部和总政治部将军人在当时的级别和职务作为参考。级别基本上按 1952

军衔制的出台

年干部评级的结果；职务则考虑 1955 年授衔前所担任的职务。

对于拟授予中将、上将的 234 人，罗荣桓亲自主持逐一研究讨论。有了问题随时向中央军委请示，然后由他亲自提出名单。

少将这一级的评定，罗荣桓委托赖传珠、徐立清和萧华、王宗槐等负责，遇到难以确定的问题，再由罗荣桓主持会商解决。

在排队平衡过程中，总干部管理部和总政干部部的同志们认真研究，反复斟酌。在掌握评衔标准时，除了依据现任职务、政治品质、业务能力、在军队服务的经历和对革命事业的贡献以外，还适当照顾到各个方面军干部的相对平衡，照顾到少数民族干部和起义将领，同时还要考虑到已经在地方工作的干部与军队的历史联系，或与某一地区有联系的代表人物的授衔问题。比如从部队调到外交部当大使的和在地方工作的，有的也提出要军衔。

军衔评定结果不仅涉及军队的正规化建设，还对军队思想稳定有深刻影响。因此，总干部管理部和总政干部部的同志既做评定人，又做"政委"。

他们一方面尽量做好思想教育工作，纠正一部分干部错误的认识和态度；另一方面要做好平衡排队工作，尽可能评得公平合理，既使本人基本满意，又使上下左右都没有意见。在全面考核了解干部的基础上，根据评衔的条件和标准，反反复复地比较，多方面征求意见。

在发布"指示"时，中央军委还决定，现役军官的授衔与授勋的工作必须在1955年内完成。

这个决定给负责军衔评定的同志带来很大压力。评定军衔涉及全军上下每一个官兵的切身利益，每个人的情况又不尽相同。这个任务从一开始就面临着要求高、难度大、时间紧的压力。

为此，总干部管理部提出一个分层次实施的方案：对于授予元帅军衔的人选，由中共中央书记处提名，由中央政治局最后审议通过；对于授予将军军衔的人选，由总干部管理部与总政治部分别提出，再报请中央军委批准；对于授予校官军衔的人选，由各总部和各军兵种及各大军区提出，并报总干部管理部和总政治部在全军范围内统一平衡。

为使全军干部在评级时做到胸中有数，在正式实行军衔制之前，国防部还于1955年5月20日颁布《中国人民解放军军官编制军衔表》（简称《编制军衔》），规定了兵团司令员以下各级职务与上将以下各级军衔的比照标准，明确编制军衔为一职一衔或一职两衔：

军衔制的出台

　　总参谋长、总政治部主任、总后勤部长、军兵种司令员、政委授予上将至大将军衔；
　　国防部副部长、副总参谋长、总政治部副主任；总后勤部副部长；沈阳、北京、南京、济南、广州、昆明军区司令员、政委；军兵种副职；军事、政治学院副职；兵团司令员、政委授予上将至中将军衔；

新疆、西藏、成都、兰州、武汉、内蒙古军区司令员、政委；其他军区、兵团副职；军兵种参谋长、政治部主任；军区海、空军司令员、政委授予中将至上将军衔；

军长、政委；省军区司令员、政委；新疆、西藏、成都、兰州、武汉、内蒙古军区副职；其他军区、兵团参谋长、政治部主任授予中将军衔；

新疆、西藏、成都、兰州、武汉、内蒙古军区参谋长、政治部主任；军区海、空军副职；海军二等基地司令员、政委；其他军区、兵团、军兵种副参谋长、政治部副主任、直属部部长授予中将军衔；

新疆、西藏、成都、兰州、武汉、内蒙古军区副参谋长、政治部副主任；兵团副参谋长、政治部副主任；军区海、空军参谋长、政治部主任；省军区副职；副军长、副政委、军参谋长、军政治部主任授予少将至中将军衔；

……

经过几个月细致、缜密的工作，到 1955 年国庆节前，全军军官的评衔工作基本完成，总政治部和总干部管理部拿出了一个初步方案。

方案公布以后，大多数人表示认可，但仍有少数人不满意。

有的人虽然嘴上不说，在心里却是很不舒服；有的人眼泪长流，两三天不吃饭；还有的则跑到领导那里，说自己如何劳苦功高，点着名地要高级军衔；更有一个红军时期的老干部，在听说自己将被授予少将军衔后，十分不满。

就在有人为肩膀上的"金豆"斤斤计较时，一些功勋卓著的将领却请求给自己降低军衔。他们的高风亮节为实行军衔制扫平了道路。

军衔制的出台

确定 10 名元帅和 10 名大将

1955 年秋天的一个深夜，毛泽东召集军委领导在中南海召开军委会议。在这次会议上，深谋远虑的毛泽东主动提出不要授予自己大元帅，而且还提出建议，那些已经到地方上工作的军队干部也不授衔。

在场的军委领导们深受感动。全国上下，只有毛泽东能被授予大元帅军衔，最高统帅尚且不授衔，我们还有什么好争的呢！于是，周恩来、刘少奇、邓小平等原本都在元帅人选名单上的人，都摆着手说，不要评自己为元帅。

朱德也表示要推辞元帅军衔，毛泽东笑着说："总司令就不要推辞了，没有你，这军衔就评不下去喽！"

宽厚的朱德笑了，在场的人也跟着笑起来。邓小平趁机再次提出不要元帅军衔，但是大家却没有同意。

早在这次会议之前，中央军委就决定授予军委委员们元帅军衔。但是，中央军委 1954 年重新调整后，部分委员不再担任军职，就失去了当元帅的机会。而此时，大家对元帅军衔看得是那么轻，似乎那只意味着一身新军装。能当元帅的和未能当元帅的战友们依然像在陕北窑洞里一样，一起高兴，一齐欢乐。

第二天，彭德怀、罗荣桓联名将将帅名单和意见报告给毛泽东。其中拟授予朱德、彭德怀、林彪、刘伯承、贺龙、陈毅、邓小平、罗荣桓、徐向前、聂荣臻、叶剑英11人元帅军衔；拟授予粟裕、徐海东、黄克诚、陈赓、谭政、萧劲光、张云逸、罗瑞卿、王树声、许光达10人大将军衔。毛泽东愉快地批准了这个报告。

1955年8月19日，中共中央政治局会议批准军委提出的授衔名单。彭德怀要罗荣桓、宋任穷、赖传珠、徐立清代为起草国务院总理向全国人民代表大会常务委员会呈请授予中华人民共和国元帅军衔的函稿。

半个月后，罗荣桓将起草的函稿呈送周恩来和刘少奇审查修改，并提出由国务院秘书处转送全国人大常务委员会讨论通过。

罗荣桓在文件中明确提到：

> 中央已决定现任军委委员之朱德、彭德怀、林彪、刘伯承、贺龙、陈毅、邓小平、罗荣桓、徐向前、聂荣臻、叶剑英等11位同志均授予中华人民共和国元帅军衔。

不过，此时中央军委还是没有确定元帅名单。元帅名单中争议比较大的是陈毅和邓小平。他们都曾经是大方面军的主要领导，如果考虑平衡各方面的关系，他们应当被授予元帅军衔。

不过，在决定实行军衔制时，中共中央决定，已到地方工作的部队干部原则上不参加授予现役军衔。考虑到历史情况和现实需要，有的人可以授予预备役军衔。陈毅和邓小平，除担任中共中央军委委员和中华人民共和国国防委员会副主席与军事工作直接有关外，主要还是从事政府和党务工作。陈毅任国务院副总理，邓小平任中共中央秘书长，在军队中都没有其他职务。按照这一原则，既可以给他们授军衔也可以不授。

9月11日晚，中共中央书记处召开会议，专门讨论授予元帅军衔问题。在北戴河休养的周恩来打电话给时任中共中央副秘书长、中央办公厅主任的杨尚昆，主张授予陈毅元帅军衔。

周恩来说：

> 军衔授予，对陈毅同志现在和将来的工作均无不便之处，平时可以不穿军服，必要时穿。苏联的布尔加宁同志原也有元帅军衔，现在他做部长会议主席的工作就不常用元帅头衔了。可以说是一个例子。

中央军委采纳了周恩来的意见。在邓小平的一再坚持下，中央军委决定不授予他元帅军衔。

于是，元帅名单中有争议的问题得到圆满解决。

9月16日，国务院第十八次全体会议讨论并通过授予解放军有功人员勋章的第一批名单等问题时，主持会议的陈云解释说：

> 有些同志曾长期在解放军中服务，现在转业了，没有授予军衔。授元帅的同志定为 10 位，也不是可以授予的都授。如邓小平同志，在革命战争中对建军和指挥作战都是有功的，也是国防委员会副主席，中央考虑可以授予，但他现在的工作主要是做中央秘书长，搞个元帅不好，他自己也认为还是不授予好。毛泽东无论从哪方面讲，都可授予大元帅衔，但经中央和毛泽东本人考虑，还是不授予好，将来需要，什么时候授都可以。

同一天，国务院总理周恩来致函全国人大常委会，建议授予朱德等 10 人以中华人民共和国元帅军衔。

9 月 23 日，第一届全国人民代表大会常务委员会第二十二次会议，根据《中国人民解放军军官服役条例》，审议了周恩来的建议，决定授予朱德、彭德怀、林彪、刘伯承、贺龙、陈毅、罗荣桓、徐向前、聂荣臻、叶剑英 10 人以中华人民共和国元帅军衔。

同一天，中华人民共和国主席毛泽东，根据全国人大常委会的决议，发布授衔命令。

十名元帅依次是：朱德、彭德怀、林彪、

军衔制的出台

刘伯承、贺龙、陈毅、罗荣桓、徐向前、聂荣臻、叶剑英；

十名大将是：粟裕、徐海东、黄克诚、陈赓、谭政、萧劲光、张云逸、罗瑞卿、王树声、许光达。

9月27日，在中南海举行中华人民共和国主席授予中国人民解放军军官暨中华人民共和国元帅军衔及授予中国人民解放军在中国人民革命战争时期有功人员勋章典礼，朱德等10人被授予元帅军衔，刘伯承、林彪因有病未出席授衔、授勋典礼。

三、 首次全军授勋

● 1953 年国庆节前，彭德怀从战火纷飞的朝鲜前线给毛泽东打来电报，除了汇报朝鲜战况，他还建议：颁发勋章、奖章条例，以代替过去不很完善的立功条例。

● 穿上了新军装的将军们个个英姿勃发，器宇轩昂。他们你看看我，我看看你，禁不住你捶我一下，我捶你一下，然后哈哈大笑起来。

● 看到中国同行们英姿勃发的样子，在场的苏联军官们禁不住啧啧称赞。中国将官则报以自信的微笑。

党和国家决定奖励有功之臣

1955 年，以施行"军衔制"等四大制度为标志，人民军队走上正规化、现代化的新时期建设道路。在施行军衔制的同时，新中国第一次大规模地授予革命战争时期的有功之臣勋章、奖章的工作也在全军范围内有条不紊地展开。

颁发勋章、奖章是军队的一项重要奖励制度，对于激发官兵的上进心和荣誉感，鼓舞士气，巩固和提高部队战斗力，具有重要作用。因此，我军从建军开始就十分重视这项工作。即使在物质条件非常艰苦的情况下也想尽办法授予有功人员勋章、奖章或纪念章。

在中国革命历史上，曾在土地革命时期、抗日战争时期、解放战争时期给有功人员颁发过各种奖章。但是，由于当时受各种条件的限制，所实行的奖励标准不统一，奖励范围也有很大的局限性。

在土地革命时期，为适应红军正规化建设，奖励在对敌斗争中有特殊功劳的红军官兵，中华苏维埃中央革命军事委员会于 1933 年 7 月 9 日发布命令，提出在"八一"建军纪念日，颁发红星奖章。

红星奖章按功劳大小分为一、二、三等。

按照规定，一等红星奖章发给"领导全部或一部革命战争之进展而有特殊功绩的"人员；二等红星奖章发给"在某一战役当中曾经转变战局而获得伟大胜利的"人员；三等红星奖章发给"经常表现英勇坚决的"人员。

红星奖章只在1933年和1934年"八一"建军节时颁发过两次，后来因红军长征，形势发生了变化，红星奖章没再继续颁发。

朱德、周恩来、彭德怀等曾荣获一等红星奖章；陈毅、张云逸、罗瑞卿、萧克、何长工、罗炳辉等34人曾获二等红星奖章；王震、杨得志、程子华、杨勇、苏振华、李天佑、钟赤兵等53人获三等红星奖章。

在此之前，中央苏区还颁发过"红旗章"，这是土地革命时期标志最高荣誉的一种奖章，由中华苏维埃共和国临时中央政府制定颁发。

1931年11月7日至20日，中华苏维埃第一次全国代表大会在瑞金召开时，曾授予方志敏红旗章。1932年12月4日，在纪念宁都暴动时再次颁发过红旗章。

由于红旗章是由政府制定和颁发的，而且也不仅仅授予军队人员，因此，严格地讲，不应算军队的奖章。

除了全军性的红星奖章，红军各部队还颁发过一些奖章，以奖励作战有功的红军指战员。如红二方面军的"特级优胜奖章"，红四方面军三十军的"战士奖章"，红军第十七师的"英勇的模范奖章"等。

此外，土地革命时期，红军还颁发过多种纪念章，以纪念某一重大战役、事件。如1928年颁发的"北伐成

首次全军授勋

功退伍纪念章"，是我军建军后颁发的第一枚纪念章。其他还有如"东江暴动纪念章"、"闽浙赣边区坚持斗争纪念章"、"红军十周年纪念章"等。

抗日战争时期，人民军队从中央到各个部队单位还曾经自主颁发了数百种奖章。

当时，八路军、新四军和各抗日根据地的部队，开展了以战斗、生产和做群众工作为主要内容的评选英雄模范活动。中共中央七大准备委员会制定的《抗战三周年八路军、新四军奖励条例（草案）》规定，为抗日有功人员颁发一、二、三等奖章。

各部队颁发的奖章有晋察冀军区的"铁军前卫奖章"，冀中军区的"五一奖章"，冀晋军区的"星旗勋章"、"红旗奖章"和"留守兵团奖章"，抗大七分校的"劳动英雄奖章"等等。

这期间，八路军、新四军各部队还颁发过多种纪念章，如八路军的"荣誉战士纪念章"，山西新军"决死队四周年纪念章"，"抗大三周年纪念章"，"抗大五周年纪念章"等。

到抗日战争结束时，我军许多部队都颁发了纪念章，如冀鲁豫八分区的"抗战八年纪念章"，辽东军区的"抗战胜利纪念章"等等。

解放战争时期，我军广泛开展了立功运动，涌现出成千上万的英雄模范。

这一时期，解放区的经济条件有所改善，因此，为表彰奖励英雄模范，我军各部队颁发了较抗日战争时期更多的奖章。如晋察冀军区的"大功奖章"、"特功奖章"，察哈尔军区的"红星英雄奖章"，东北民主联军的"英雄奖章"、"模范奖章"、"勇敢奖章"、"毛泽东奖章"、"朱德奖章"、"炮兵英雄奖章"，华东野战军的"人民英雄奖章"，第十四军的"模范党员奖章"、"临汾旅功臣奖章"，第十六军的"渡江战斗英雄奖章"、"渡江水上英雄奖章"、"解放西南人民功臣奖章"，第十八军的"人民功臣奖章"等等。

在这一时期，许多军区和野战军为纪念战役胜利和作战区域解放，也都曾颁发过纪念章。如 1948 年第四野战军暨东北军区颁发的"解放东北纪念章"，1949 年华东军区颁发的"淮海战役胜利纪念章"、"渡江胜利纪念章"，第六十军颁发的"解放太原纪念章"，西南军区颁发的"解放西南胜利纪念章"，1950 年华北军区颁发的"华北解放纪念章"，湘西军区颁发的"湘西剿匪胜利纪念章"，西北军政委员会颁发的"解放西北纪念章"，中南军区暨第四野战军颁发的"解放海南岛纪念章"，中南军政委员会颁发的"解放华中南纪念章"等等。

全国解放前，由于处于战争环境，我军颁发和制作奖章、纪念章没有统一的规定。颁发奖章一般为师以上部队，但最低也有团一级部队，如华东野战军三纵七师二十一团"英雄模范大会奖章"。

奖章的材质也不一样，红军时期，虽然条件艰苦，

首次全军授勋

但是仍重视奖章的质量，如一、二、三等"红星奖章"分别为金、银、铜质，红二方面军的"特级优胜奖章"、赣东北省革命军事委员会的"努力奖章"等均为银质。

抗日战争和解放战争时期，我军奖章多为银质和铜质。解放战争后期，随着解放区的不断扩大，我军的物质条件大大改善，奖章的材质和形制也较以前讲究。特别是解放了许多大中工业城市的东北解放军，其奖章种类和质量，在全军居领先地位。

虽然我军在不同时期颁发了形式各样、材质不一的勋章、奖章，但并不规范正式。因此，解放战争结束后不久，为在革命战争中的有功之臣颁发勋章和实行军衔制就提上了中央军委领导们的议事日程。

按照中央军委的指示，1950 年 9 月，总干部管理部成立，其中设置掌管军衔和奖励工作的专门机构：军衔奖励处。

1953 年国庆节前，彭德怀从战火纷飞的朝鲜前线给毛泽东打来电报，除了汇报朝鲜战况，他还建议：

颁发勋章、奖章条例，以代替过去不很完善的立功条例。

毛泽东批准这个报告后转交给总干部管理部，要求他们草拟勋章奖章条例。

1953 年底，全军高级干部会议在北京召开。这次长达50多天的会议，对今后人民军队的建设方针与发展方向进行了讨论，先后15次易稿的勋章奖章条例也在这次会议上被审议。

这次会议还决定，授衔授勋应当等待军队组织编制确定、兵役法颁布实施后再进行。

首次全军授勋

毛泽东通令公布《勋章奖章条例》

1954 年 11 月，由中央军委总干部管理部草拟的"勋章奖章条例"被提交到中共中央审阅。

12 月 16 日，国务院第三次会议审议通过了《中华人民共和国授予中国人民解放军在中国人民革命战争时期有功人员勋章、奖章条例（草案）》、《关于颁发中国人民解放军有功人员勋章、奖章（草案）》。

随后，国务院总理周恩来将两个草案提交给第一届全国人大常委会审议。

1955 年 2 月 12 日，第一届全国人民代表大会常务委员会第七次会议通过了《中华人民共和国授予中国人民解放军在中国人民革命战争期间有功人员的勋章、奖章条例》（简称《勋章奖章条例》），这个"条例"由国家主席毛泽东通令公布。

原文如下：

中华人民共和国主席令

《中华人民共和国授予中国人民解放军在中国人民革命战争时期有功人员的勋章、奖章条例》，已由中华人民共和国第一届全国人民代表大会常务委员会，于一九五五年二月十二日第七次会议通过，现予公布。

中华人民共和国主席毛泽东

一九五五年二月十二日

"条例"规定，勋章每种分一、二、三级，奖章不分级。区分勋章、奖章的条件，是以参加人民革命战争时间的长短和当时职务的高低，以及是否坚持工作和有无重大过失为依据。

勋章由全国人民代表大会常务委员会决定，中华人民共和国主席授予；奖章由国务院批准，国防部长授予。在授予勋章、奖章的同时，发给证书。

各级勋章、奖章的授予条件是：

八一勋章和八一奖章授予土地革命战争时期（1927年8月1日至1937年7月6日）参加革命战争有功而无重大过失的人员。

一级八一勋章授予当时的师级以上干部。

二级八一勋章授予当时的团级和营级干部。

三级八一勋章授予1935年10月20日前参加中国工农红军第一方面军，1936年9月30日前参加中国工农红军第二方面军和第四方面军，1935年9月30日前参加陕北红军和红军第二十

首次全军授勋

五军，1937 年 7 月 6 日前坚持各地游击战争和参加东北抗日联军的连级以下人员。

八一奖章授予在 1937 年 7 月 6 日前参加中国工农红军的上述人员以外的人员。

独立自由勋章和独立自由奖章授予抗日战争时期（1937 年 7 月 7 日至 1945 年 9 月 2 日）参加革命战争有功而无重大过失的人员。

一级独立自由勋章授予中国工农红军改编为八路军时的旅级和相当于旅级以上干部，中国工农红军改编为新四军时的支队级和相当于支队级以上干部，1945 年 9 月 2 日前在八路军、新四军中和在中国共产党领导的抗日游击队中相当于军级的纵队和新四军师级以上干部。

二级独立自由勋章授予当时的旅级、团级及其相当干部。

三级独立自由勋章授予当时的营级、连级及其相当干部。

独立自由奖章授予参加八路军、新四军或脱产参加中国共产党领导的抗日游击队 2 年以上，或参军虽不满 2 年但因作战负伤致残的排级以下人员。

解放勋章和解放奖章授予在解放战争时期（1945 年 9 月 3 日至 1950 年 6 月 30 日）参加革命战争有功而无重大过失的人员。

一级解放勋章授予当时的军级以上及其相当干部。

二级解放勋章授予当时的师级及其相当干部。

三级解放勋章授予当时的团级、营级及其相当干部。

解放奖章授予当时参加中国人民解放军2年以上，或参军虽不满2年但因作战负伤致残的连级以下人员。

解放战争时期直接领导国民党军队起义建有重大功绩，但参加解放军不满两年的原国民党军队有功人员（含1950年6月30日以后直接领导起义的），根据其功绩大小，分别授予解放勋章或解放奖章：直接领导一个整军以上起义的授予一级解放勋章；直接领导一个整师起义的授予二级解放勋章；直接领导一个整团起义的授予三级解放勋章；直接领导一个整排到整营起义的授予解放奖章。

由于这是第一次在全军范围内统一授勋，党和国家对此都很重视，勋章的材质和制作都非常考究。

一级勋章是银质正反两面镏金；二级、三级勋章的材质是以银为主的合金。三种奖章均为铜质镀金。

八一勋章呈五角形，夹角处有饰纹，中间红色圆圈

首次全军授勋

内为闪光的红五角星，内嵌"八一"两个字，突出反映中国共产党于 1927 年 8 月 1 日独立领导革命武装的光辉史实。一级为全金色；二级中间圆及五角星饰纹为金色，外五角为银色；三级中间圆及五星为金色，其余为银色。

独立自由勋章呈八角形，中间圆内为红星和延安宝塔山，圆外有饰纹，象征在中国共产党的领导下，革命圣地延安是中国人民抗日民族战争的革命大本营。一级为全金色；二级中间圆及中心饰纹为金色，八角为银色；三级中间圆内为金色，其余为银色。

解放勋章呈五角形，中间圆内有闪耀着光芒的红五星和天安门，圆外有饰纹，象征中国共产党领导人民武装夺取全国胜利。一级为全金色；二级中间圆及饰纹为金色，五角为银色；三级中间圆为金色，其余为银色。

勋章的规格大小因等级而异，最大的一级八一勋章直径为 60 毫米，最小的三级解放勋章为 45 毫米。勋章为银质合金，金色部分按照等级为不同数量的 K 金。背后有凸形的"中华人民共和国××××勋章"及章号，钢质别针固定在后面。

此外，每枚勋章另配有略章，尺寸为 10 毫米 × 25 毫米，横式。八一勋章为红底黄杠；独立自由勋章为绿底黄杠；解放勋章为黄底红杠。3 种勋章均为一级一杠，二级二杠，三级三杠。

对 3 种勋章的佩戴有严格规定。现役军人一律佩戴在五五式礼服的右侧，沿下翻领边缘自上而下为八一、独立自由、**解放勋章**，顺序不能颠倒。如只获两枚勋章亦按此顺序佩戴，只获一枚只佩右侧即可。

略章佩戴于常服的左胸袋上方，八一、独立自由、解放3枚勋章从右至左一字排开。勋章和略章不能同时佩戴，穿礼服时佩戴勋章，穿常服时佩戴略章，也不能更换着装违规佩戴。

奖章与勋章的佩戴基本相同。

《勋章奖章条例》在我军历史上第一次规范了勋章、奖章的颁发标准，统一了勋章、奖章的规格样式及佩戴方法，是我军正规化建设的一个亮丽缩影。

在通过《勋章奖章条例》的同时，第一届全国人民代表大会常务委员会第七次会议还通过了《关于规定勋章奖章授予中国人民解放军在中国人民革命战争时期有功人员的决议》。

"决议"指出：

中国人民解放军在中国共产党领导下，同全国人民一起英勇地进行了长期革命战争。战胜了国内外反革命武装力量，取得了人民革命的伟大胜利，对中国人民革命事业，对中华人民共和国的建立是有卓越功勋的。

为了表彰革命功勋，发扬光荣传统，根据宪法第三十一条第十四项规定，将八一勋章和八一奖章、独立自由勋章和独立自由奖章、解

放勋章和解放奖章，分别授予在红军时期、抗日战争时期和解放战争时期参加革命战争的有功人员。

这次会议通过的"条例"和"决议"，进一步从法律上确定了颁发勋章、奖章的目的、意义和标准，是对人民解放军在各个革命战争时期有功人员的一次总结性奖励。这种殊荣，不仅体现出党和国家对有功之臣的关心，也是对中国人民解放军伟大历史功绩的肯定，对全军官兵具有巨大的教育和鼓舞作用。

南京军区举行授勋授衔仪式

1955 年 9 月 27 日，中央军委给在京军官授衔授勋仪式在北京圆满结束。在这之后，全国范围的授衔授勋工作全面展开。

1955 年 11 月 29 日，坐落在长江路 264 号的南京大会堂内外警卫森严。

一个个哨兵像钉子一样矗立在哨位上，警惕地看着路上来往的车辆和行人。

大会堂门口站着几个军官，在认真地检查出入人员的证件。

不时地，几辆黑色轿车开过警戒线，停在大会堂门口，一个个威风凛凛的将军从车上走下来，然后迈着标准的军人步伐走进大会堂。

他们每个人手里拿着两张大红金字请柬。

一张上写着：

奉中华人民共和国国务院总理命令，订于一九五五年十一月二十九日上午八时在南京人民大会堂举行授衔、授勋典礼，由国防委员会副主席刘伯承元帅代表中华人民共和国国务院总理授予中国人民解放军军官将官军衔，请届

首次全军授勋

时参加，接受军衔。

南京军区

一九五五年十一月二十五日

另一张上写着：

　　奉中华人民共和国主席命令，订于一九五五年十一月二十九日上午八时在南京人民大会堂举行授衔、授勋典礼，由国防委员会副主席刘伯承元帅代表中华人民共和国主席授予中国人民解放军在中国人民革命战争时期有功人员第一批勋章，请届时参加，接受勋章。

南京军区

一九五五年十一月二十五日

　　时间还不到上午 8 时，南京军区参加授衔、授勋仪式的军官都已提前入场。

　　他们按规定穿着 1953 年发的呢料军服，戴大檐帽，佩戴军徽和胸章，穿 1955 年发的黑色松紧口皮鞋，显得英武逼人。

　　入场时，他们把帽子留放在自己的汽车上，然后按照请柬背面的说明找到自己的位置坐下。

虽然身边坐着的都是老熟人、老战友，但是在这个庄严的时刻，他们仅仅是互相微笑一下，然后就挺胸抬头，表情严肃地用军人的姿态端端正正地坐着等待仪式开始。

主席台上，一排盆栽的鲜花摆在靠近会场的边缘，给整个会场带来一些欢乐的气氛。主席台的后墙上悬挂着中华人民共和国国旗和军旗，台前上沿悬挂着"隆重举行中国人民解放军授衔、授勋典礼"的大红横幅会标，整个会场显得庄严肃穆。

8时整，刘伯承元帅身着海蓝色的元帅服走进会场。他头戴大檐帽，肩头佩戴金光闪闪的元帅肩章。走路时，金色的袖饰随着手臂一起摆动，更加显得英气逼人，威武挺拔。

这时，南京军区首长发出口令："立正！"

立刻，"哗"的一声，全场起立，向元帅行注目礼。

刘伯承及主要来宾登上主席台就座后，南京军区首长再次发出口令："坐下！"

人们齐刷刷地坐下。

接着，司仪宣布："南京军区授衔、授勋典礼开始，奏国歌。"

全体自动起立。军乐队奏响国歌。

雄壮激昂的乐曲在大会堂里回旋，激荡人心。此时，在国歌声中站立着的元帅与将军们想着同一件事情：30多年了，这一天终于到来了！我们胜利了，我们成功

首次全军授勋

了……

国歌演奏完毕，全体坐下。

然后，司仪开始宣读《中华人民共和国国务院周恩来总理授予中国人民解放军军官将官军衔命令》。然后，司仪宣布："由国防委员会副主席刘伯承元帅代表国务院周恩来总理授予中国人民解放军军官将官军衔。"

接着开始唱名，听到唱自己的名字时，本人起立答"到"。

人们以会场里一横排座位为一组，每一组最后一名唱完，便由组长带领列队登上主席台，走到规定地点面向刘伯承元帅。

在唱名时，刘伯承元帅已经离开座位，走到自己的位置上。

面对将军们，刘伯承元帅表情严肃地从第一名起，依次双手授予命令状。透过眼镜，他赞扬和期许的目光投射到每个人的脸上。虽然他没说什么，但每个人都明白，这既是对过去的肯定，也是对未来的鼓励。

刘伯承与每个人握手表示祝贺，每个人都是用双手接受命令状，然后敬礼，立正，行注目礼。

待最后一名将军接受命令状后，这一组就在向导指引下去后台更衣室，凭更衣证领取并更换新将军礼服。

后台更衣室里，一个个紫红色的纸盒、帽盒早已按照名字摆好。将军们迅速换好军装，然后列队走回会场。

当将军们走回会场时，全场响起热烈的掌声。

共和国的历程·丰功伟绩

授衔完毕后，休息 10 分钟。

可以放松了。穿上了新军服的将军们个个英姿勃发，器宇轩昂。他们你看看我，我看看你，禁不住你捶我一下，我捶你一下，然后哈哈大笑起来。

接着，他们又返回会场，参加下面的仪式。

司仪宣读《中华人民共和国国防部彭德怀部长授予中国人民解放军军官校官军衔命令》。由于校官军装、肩章赶制不及，故只宣读命令，以后再补发新军服和肩章、领章。

第二次休息 10 分钟后，便接着举行授勋仪式。

首先司仪宣读《中华人民共和国毛泽东主席授予中国人民解放军在中国人民革命战争时期有功人员第一批勋章命令》，宣布由国防委员会副主席刘伯承元帅代表中华人民共和国毛泽东主席，授予中国人民解放军在中国革命战争时期有功人员第一批勋章。

然后开始唱名授勋。

此时，12 名上将为一组另坐一处，其他人则仍按每一横排为一组。

首先，12 名上将迈着稳健的步伐走上主席台，面对刘伯承元帅。

刘伯承元帅双手将勋章递给每个人，然后敬礼。

上将们双手接过勋章后，敬礼，然后立正行注目礼。

此时，他们想起了牺牲的战友，想起了本来可以和自己一同出席这个庆祝胜利典礼的人们，如果他们能在

多好啊！

站在授勋位置上的将军们都显得有些激动。有的人敬礼时格外用力，动作都显得有些僵硬、机械，根本不像是有几十年军龄的老兵；有的人眼睛里闪烁着晶莹的泪光，几乎不敢眨眼，生怕泪水流下来；有的人胸脯起伏不停……他们都在努力压抑自己激动的心情。这是党和人民给予的崇高荣誉！这份胜利来得太不容易了！

刘伯承元帅面色平静安详，动作干脆利落，虽然他此刻也心潮澎湃，但面对爱将，他要表现出一个统帅此时应有的风度。

授勋结束后，将军们回到座位上，相互帮着别上亮闪闪的勋章。

……

待全部授勋完毕，全场的军官们在新军装的映衬下，更加显得威武神气。

此时，司仪宣布"礼成，奏乐"，军乐队奏响欢快的《胜利进行曲》，全体起立并热烈鼓掌。

此时，刘伯承也放下了元帅的威严，微笑着看了一眼将星闪烁、勋章耀眼的会场，起身离开。然后，全场将官、校官按军阶次序先后离开会场。

仪式一结束，将军们就像约好的一样纷纷到照相馆照相留念。

一下子来了这么多将军，摄影师既惊讶又兴奋。一会儿给这位将军整整礼服，一会儿又给那位将军正正军帽，一会儿给身边的将军摆一摆勋章，高兴地说："一定给大家照出最高水平，请大家按我说的去做。"

于是，刚刚被授予将官军衔的将军们成了摄影师的小兵。

照完相，有个军官穿礼服步行回家，端庄大方的军装、熠熠生辉的将官肩章、光芒四射的勋章一下子就吸引了路人的目光。没走多远他就被一群孩子给跟上了，一个孩子大喊："快来看将军啊!"不一会儿，连大人们也驻足围观起来。

这是这个将军始料不及的。在战争年代，他早已养成了和百姓打成一片的习惯，所以从来没想过这身军装会给自己带来什么不同的特征。但是穿上新军装后竟然能引来这么多人围观，他感到非常不自在，几乎抬不起头来，脸红得像红布一样。幸亏有战友开车路过，他赶紧钻进车里，逃也似的，离开了。

人民军队的变化使爱戴军队的老百姓兴奋不已，他们对穿上新军装的军官们更是显示出极大的兴趣。这样的事情在 1955 年授衔授勋时全国都有发生。

广州军区授衔授勋仪式结束后，一个少将一走出军区礼堂大门，就被过路的群众看见了。立刻就有人兴奋地喊起来："哇! 解放军戴了牌牌更有风采了!"还有人幽默地附和说："嘿! 我们的解放军也威风起来了!"

一时间，身穿新式军装的人成了全国的焦点，只要有军人出现，就会有一群人跟着喝彩。军官们都不敢穿

首次全军授勋

礼服上街，因为只要一穿上出去，行人就会驻足观望，搞得自己浑身不自在。

授勋授衔不仅改变了军队，也改变着军队在人民心目中的形象，解放军再也不是那支服装各异、武器各式的"土八路"了，成为一支威武雄壮、整齐庄重的正规化军队了。

陈毅元帅于典礼次日下午，以个人名义在南京饭店宴请被授予将官军衔的老部下。他致贺词说："今天向为中华人民共和国的诞生作出过重大贡献的同志们授衔、授勋，是授予每位将军以终身荣誉……"这句话令这些人几十年都难以忘怀。

聂荣臻为派驻苏联的军官授衔

1956 年 2 月 13 日，在苏联学习的中国军官们都收到两张请柬。

一张是来自中华人民共和国驻苏联大使馆武官处的，上面写着：

> 奉中华人民共和国主席、国务院总理及国防部长命令，订于一九五六年二月十三日十七时在列宁格勒军官之家举行授勋授衔典礼。由聂荣臻元帅代表中华人民共和国主席、国务院总理及国防部长，分别授予中国人民解放军在中国人民革命战争时期有功人员以勋章，及授予中国人民解放军军官以将官、校官、尉官军衔。
>
> 请届时参加接受军衔。

另一张请柬是聂荣臻元帅署名的请柬，上面写着：

> 订于一九五六年二月十三日十九时在列宁格勒军官之家举行庆祝授勋、授衔酒会。
>
> 请届时光临。

首次全军授勋

1955 年 9 月，在苏联学习的中国军官就听说了国内正在进行授衔。一听说要佩戴自己国家的肩章，军官们都兴奋不已。

从前，与苏联学员或其他国家的学员在同一个教室里上课时，那些异国的同学常常用异样的眼光看着中国军人的肩膀——那里是空荡荡的，没有任何标志。

那眼睛里分明是在说：我们有军衔，你们中国怎么没有啊？

如今，咱们也有自己的军衔了，**戴上自己的肩章**，在外国同学面前走上几个来回。告诉他们：你们外国军队有的我们也有，中国军人并不比你们缺少什么，穿上制服，**戴上肩章，我们照样威风凛凛**！

2 月 13 日下午，中国军官们穿上端庄大方的新式军服，戴上闪闪发亮的肩章，**擦亮皮鞋**，戴好军帽，军容齐整地乘车来到列宁格勒军官之家。

此时，这里汇集了我军在苏联学习的陆海空三军各级干部近百人，苏联军队也派人参加仪式，其中还有一位炮兵元帅。

苏联建筑有高大恢宏的特点，列宁格勒军官之家也不例外。

这里已经被布置得灯火辉煌，庄重肃穆。主席台上**摆着鲜花**，主席台后的墙壁上挂着中国国旗和毛主席像。红底白字的"中国人民解放军授衔、授勋典礼"横幅高高地悬挂在主席台上方。

授勋、授衔仪式由中国驻苏联武官韩振纪中将主持。

韩振纪中将首先宣读命令，接着聂荣臻元帅将勋章一一发到每个将官手中。

接到勋章，每个将军都激动不已。

在腐朽的清王朝，中国驻外武官在美国受辱，甚至发生跳河自杀的惨剧。

如今，在异国他乡，我军举行的这个授勋授衔仪式，和在国内一样隆重、庄严和热烈。中国军队已经以崭新的姿态出现在世界舞台上，还将以更强大威武的形象屹立于世界民族之林。

在苏联军人的注目下，中国将官迈着稳健的步伐走上主席台，用最标准的军礼向国旗致敬，向元帅致敬。

他们双手接过勋章，走下主席台，然后互相帮着戴好勋章。

一时间，将星与勋章相辉映，荣誉与梦想齐飞扬。

在方强将军从聂荣臻手中接过勋章的时候，他并没有感到自己有多大荣耀，更多的是感受到了肩上的责任：国家还很穷，国力还不强大，从今往后，自己更应当全力以赴地努力学习和工作，为祖国为军队贡献自己的力量，军衔在肩，这是党和人民的重托。

和方强将军一样，这些被授予将星与勋章的将军们，同样感受到了肩上的责任……

看到中国同行们英姿勃发的样子，在场的苏联军官

首次全军授勋

禁不住啧啧称赞。

中国将官们则报以自信的微笑。

19 时，授勋授衔完毕，驻苏联武官处开始举行酒会。

聂荣臻打开国内带来的茅台酒，斟满酒杯并频频与人们干杯表示祝贺。

宴席上，人们举起酒杯，祝福祖国繁荣富强，祝福人民军队一步步走向强大。

各军区举行授衔授勋仪式

1955 年，中央军委和国防部的授衔和授勋典礼结束后，各地驻军将官和校官的授衔和授勋仪式，分别在北京、南京、兰州、成都、广州、武汉、沈阳等 7 个地区举行。

1955 年 11 月 20 日，东北军区在沈阳举行授衔、授勋典礼。

叶剑英元帅代表国务院总理周恩来宣读了授予将官军衔的命令，代表国防部长彭德怀元帅宣读了授予校官军衔的命令，并分别将将官的军衔符号授予邓华、周桓上将和杜平、甘渭汉、吴信泉中将等到会的将官，将校官的军衔符号授予王淮湘大校等到会的校官。

驻朝鲜的中国人民志愿军一军、二十一军、五十四军的将官也赶到沈阳参加授衔授勋典礼。

11 月 23 日，华北军区在北京举行授衔授勋典礼，聂荣臻元帅在海运仓代表国务院总理周恩来将将官的命令状、代表国防部长彭德怀元帅将校官的军衔符号，一一授予到会的将官和校官。

11 月 29 日，华东军区在南京举行授衔、授勋典礼，刘伯承元帅宣读了《国务院总理周恩来授予将官军衔的命令》，并代表周总理将授衔命令状一一授予许世友、唐

首次全军授勋

亮、叶飞 3 位上将，郭化若等 19 位中将和严光等 77 位少将，并代表国防部长彭德怀元帅给南京军区的校官授予军衔。

陈毅元帅代表毛泽东主席，向到会人员颁发了八一勋章、独立自由勋章和解放勋章。

人民解放军铁道兵的将军们也参加了南京军区的授衔仪式。刘伯承元帅和陈毅元帅还代表周恩来总理授予我军最高学府——南京军事学院的教职员和学员将官军衔。其中高级战役指挥系的 52 位学员全部被授予将军军衔，计有上将 5 人，中将 23 人，少将 24 人。高级战役指挥系因此在军中又被称为"将军系"。

12 月 10 日，西南军区在成都举行授衔授勋典礼，贺龙元帅代表国务院总理周恩来将将官的命令状，授予贺炳炎上将，谭冠三、钟赤兵、范朝利、阿沛·阿旺晋美、朵噶·彭错饶杰中将等到会的将官，并代表国防部长彭德怀元帅将校官的军衔符号，一一授予到会的全体校官。

12 月 15 日，西北军区在兰州举行授衔授勋典礼，贺龙元帅代表国务院总理周恩来，将将官的命令状授予陶峙岳上将和张志达、冼恒汉、赛福鼎中将等到会的将官，代表国防部长彭德怀元帅将校官的军衔符号，一一授予到会的全体校官。

同日，中南军区在广州举行授衔授勋典礼，叶剑英元帅宣读了《中华人民共和国国务院总理周恩来授予中国人民解放军将官的命令》，并把上将、中将、少将军衔的命令状，授予黄永胜上将等到会的将官。

黄永胜宣读了《国防部授予大校、上校、中校军衔的命令》，并代表国防部长彭德怀元帅分别将大校、上校、中校的军衔符号，一一授予到会的校官们。

国务院副总理李先念赴武汉代表国务院总理周恩来授予本地区驻军将官军衔，并代表国防部长彭德怀元帅授予本地区驻军校官军衔。

国防部副部长黄克诚大将代表国防部长彭德怀元帅主持了授予中国人民解放军各总部的校官、尉官授衔典礼。

海军司令员萧劲光大将、空军司令员刘亚楼上将、公安军司令员罗瑞卿大将、防空军司令员杨成武上将、炮兵司令员陈锡联上将、装甲兵司令员许光达大将、工程兵司令员陈士榘上将、铁道兵司令员王震上将均在驻地代表国防部长彭德怀元帅授予本军种、兵种校官军衔。

各地的授衔、授勋典礼结束后，各驻军领导机关和各部队都举行了庆祝晚会。当地的一些著名剧团为官兵们表演了精彩的文艺节目。

从1955年9月到1955年终，全军共有64.4686万名干部，首次分别获得了从准尉到元帅的军衔称号，跨度达到20级。

这一年是我军历史上具有里程碑意义的一年。全军实行军衔制成为我军走向正规化、现代化的重要标志。

在全军范围内首次为有功人员授勋，使英雄模范得

首次全军授勋

到更大范围的表彰，鼓舞了士气，凝聚了人心，成为我军正规化建设中的一个缩影。

人民解放军官兵以严整威武的英姿，焕然一新的面貌，出现在世界武装力量之中，在正规化、现代化建设道路上迈出新的步伐。

四、 高级将领让衔

● 毛主席听后摆了摆手说："这个大元帅，我就不要了，让我穿上大元帅的制服，多不舒服啊！到群众中去讲话、活动，多不方便啊！依我看呀，现在在地方工作的，都不评军衔为好！"

● 刘少奇对徐立清说："你是一名应该授上将而没授上将军衔的中将。"

● 毛泽东大声说："难得粟裕！壮哉粟裕！竟三次辞帅，1945 年让了华中军区司令员，1948 年让了华东野战军司令员，现在又让元帅衔，比起那些要跳楼的人强千百倍嘛！"

毛泽东主动不受大元帅

1955 年 2 月 8 日,《中国人民解放军军官服役条例》在第一届全国人民代表大会常委会第六次会议上通过。

军衔制中的元帅军衔为第一等,分为两级,即中华人民共和国大元帅和中华人民共和国元帅。中华人民共和国大元帅军衔是第一等第一级,为最高军衔。所以,对授予大元帅军衔人员的标准规定得非常严格。

《中国人民解放军军官服役条例》第二章第九条规定:

> 对创建全国人民武装力量和领导全国人民武装力量进行革命战争,立有卓越功勋的最高统帅,授予中华人民共和国大元帅军衔。

根据这个规定,中国人民解放军的大元帅军衔只能授予一个人,那就是毛泽东。

在 1955 年,毛泽东是中共中央主席、中华人民共和国主席、中央军委主席,既是党的领袖,又是政府首脑,还是全国武装力量最高统帅。

毛泽东是全国人民武装力量的创建者,在领导全国武装力量进行 20 余年的革命战争中,运筹帷幄,决胜千里，雄才大略，居功至伟。

所以，按照"条例"规定的这个标准来衡量，只有毛泽东一人能够享受中华人民共和国大元帅军衔这项殊荣，这也是众望所归。

我军酝酿军衔制时，也借鉴了苏联的经验。

根据苏联最高苏维埃主席团 1945 年 6 月 26 日发布的命令：授予武装力量最高统帅、国防人民委员斯大林以苏联最高军衔——苏联大元帅，以表彰斯大林在伟大卫国战争中领导全国武装力量为苏维埃祖国建立的卓越功勋。

在第一届全国人大常委会上，有些常委提出，毛泽东应被授予大元帅军衔，就像斯大林那样，况且，毛泽东比斯大林率领部队打的仗更多，时间也更长。

主持会议的刘少奇知道毛泽东不愿意被授予大元帅军衔，因此他说："我个人不能作结论。"

但是，这并没有打消人们授予毛泽东大元帅衔的念头。

有民主人士说："只要人大常委会作出决定，他有什么办法！毛主席个人也不好不遵从决议嘛。"

高级将领让衔

刘少奇说："人大常委会可以作决定，但毛主席是国家主席，还需要他下命令才行呀，他不下命令怎么办？"

但还是有人坚持要授予毛泽东大元帅衔。

最后，刘少奇无奈地对各位与会者说："你们不是经常见毛主席吗？可以当面说服他，争取他的同意，这次

会议不作决定。"

会后，虽然还是真的有人当面建议毛泽东接受大元帅衔，但毛泽东始终没有接受。

毛泽东坚持不接受大元帅军衔，也不要勋章。人们向他讲述斯大林被授予大元帅衔的情况，毛泽东说："苏联有的，我们不一定非要照搬。"

1955 年春天，彭德怀、罗荣桓向毛泽东汇报授衔授勋工作的情况。

刘少奇、周恩来、邓小平等领导同志也一同听取了汇报。

首先由彭德怀和罗荣桓汇报了初步方案。

在初拟的方案当中，毛泽东为中华人民共和国大元帅，周恩来、刘少奇、邓小平等为中华人民共和国元帅，李先念、谭震林、邓子恢、张鼎丞等为大将。可见，方案已经将毛泽东等中央领导同志也列入了授勋名单。

彭德怀在最后总结时说："总的来说，部队中大部分同志都能正确认识这次授衔工作，态度端正。我们对部队提出的口号是，要把这次授衔当成一场战役来打，认真严肃地对待，要以团结为重，评出思想，评出风格。"

毛主席听后摆了摆手说："你们搞评衔，是很大的工作，也是很不好搞的工作。这个大元帅，我就不要了，让我穿上大元帅的制服，多不舒服啊！到群众中去讲话、活动，多不方便啊！依我看呀，现在在地方工作的，都不评军衔为好！"

毛泽东说完这些话，看了看刘少奇，说："你在部队里搞过，你也是元帅。"

少奇同志当即表示："不要评了。"

毛泽东又问周恩来、邓小平："你们的元帅军衔，还要不要评啊？"

周、邓都摆摆手说："不要评了，不要评了。"

毛泽东又转身问几位过去长期在军队担任领导工作，后来到地方工作，而且已经被列入大将名单的邓子恢、张鼎丞等人："你们几位的大将军衔还要不要评啊？"

这几位同志连忙纷纷表示："不要评了，不要评了。"

经过讨论，大家认为毛泽东高瞻远瞩、深谋远虑，所以都同意了毛泽东的意见。

毛泽东坚辞不受大元帅军衔，"中华人民共和国大元帅"就成了我国历史上的一个空衔。

毛泽东等中央领导人不要元帅军衔的事不胫而走，虽然没有经过任何宣传，但是依然传得很快很广，并产生了巨大的影响，评衔工作中的许多矛盾因此得以解决。

高级将领让衔

许光达提交"降衔申请"

1955 年 9 月初，毛泽东收到一份特殊的申请，装甲兵司令员许光达申请将自己的大将军衔降为上将。

"降衔申请"原文如下：

军委主席，各位副主席：

授我以大将衔的消息，我已获悉。这些天，此事小槌似的不停地敲击心鼓。我感谢主席和军委领导对我的高度器重。高兴之余，惶愧难安。

我扪心自问：论德才资功，我佩戴四星，心安神静吗？

此次，按新民主主义革命时期的功绩授勋。回顾自身历史，1925 年参加革命，战绩平平。1932—1937 年，在苏联疗伤学习，对中国革命毫无建树，而这一时期是中国革命最艰难困苦的时期。蒋匪军数次血腥的大围剿，三个方面军被迫作战略转移。战友们在敌军层层包围下，艰苦奋战，吃树皮草根，献出鲜血、生命，我坐在窗明几净的房间吃牛奶、面包。

自苏联返国后，这几年是在后方。在中国

革命的事业中，我究竟为党为人民做了些什么？

对中国革命的贡献，实事求是地说，是微不足道的，不要说同大将们比，心中有愧。与一些年资较深的上将比，也自愧不如。和我长期共事的王震同志功勋卓著。湘鄂赣树旗，南泥湾垦荒。南下北返，威震敌胆。进军新疆，战果辉煌……

为了心安，为了公正，我曾向贺副主席面请降衔。现在我诚恳、慎重地向主席、各位副主席申请：授我上将衔。另授功勋卓著者以大将。

许光达

1955 年 9 月 10 日

毛泽东收到这份特殊的申请后，认真读了好几遍。在袅袅升起的青烟中，毛泽东的眼前浮现出这个非常能打仗的"娃娃连长"。

1925 年，许光达加入中国共产党，1926 年入黄埔军校第 5 期，攻习炮兵专业。

第二年，许光达参加南昌起义。

1927 年下半年，南昌起义部队在潮汕地区被打散。在最黑暗的时刻，许光达显示出共产党员的顽强意志与坚定信念，与数名黄埔同学追赶起义部队并随部队一起转移。

高级将领让衔

在三河坝，许光达率领数十名战士，冲入国民党军队，杀开一条血路，掩护朱德率领的第二十五师转移。

战斗结束后，朱德高兴地说道："这个娃娃连长打得好！"

1929年到1932年，许光达跟随贺龙开辟洪湖革命根据地，任工农红军第六军参谋长，第十七师师长、政委。在这期间，许光达为掩护第二军团指挥部安全转移，指挥十七师官兵与国民党军激战数次，胜利完成任务。

事后，军团主要领导人激动地说："这次，是许光达救了我们！"

就在这一年，许光达负重伤，赴苏联治疗。

在苏联5年间，他曾先后进入国际列宁学院和东方劳动者共产主义大学学习，为今后的工作打下了深厚的政治理论和军事学术功底。

全国性抗日战争爆发后，许光达毅然从苏联回国，先后任抗日军政大学（简称抗大）训练部部长、教育长，为我党我军培养了大批干部，被誉为"抗大四杰"之一。

在解放战争中，许光达先后任晋绥野战军第三纵队司令员，西北野战军（一野）第三军军长、第二兵团司令员。

在彭德怀、贺龙直接指挥下，许光达率部队保卫毛主席、保卫党中央、保卫陕甘宁、转战大西北，一路斩关夺隘，立下汗马功劳，周恩来曾用"功不可没"4个大字概括许光达的卓越功勋。

毛泽东熟知许光达的经历，他知道，许光达为了实现降衔的"企图"，有意地回避了自己在红军时期为保存革命力量、保卫党中央所作出的不可磨灭的贡献。而且，许光达还对自己在抗美援朝战争中所作的突出贡献只字未提。

中华人民共和国刚成立，许光达就由毛泽东、周恩来亲自点将，受命组建军委装甲兵，任装甲兵司令员。

他白手起家，备尝艰辛，励精图治，从严治军，提出并践行"没有技术就没有装甲兵"的著名口号，很快组建起一支年轻而强大的装甲兵部队，并入朝参战，打出了国威军威。

中央军委在评定军衔时，给许光达授大将衔是有根据的。

许光达的老首长贺龙这样评价他：

> 光达同志有大革命的经验，有内战的经验，有抗日战争的经验，有解放战争的经验，还有苏联红军的经验，我觉得应授予大将。

这样一个有经验、有战功、有学识的将军之所以坚定地要求只授上将军衔，只能是一个共产党员在荣誉面前退让的崇高精神在起作用。

想到这里，毛泽东激动地大声说："这是一面明镜，共产党人自身革命的明镜！"

高级将领让衔

　　毛泽东感叹地说："五百年前，大将徐达，二度平西，智勇冠中州；五百年后，大将许光达，几番让衔，英名天下扬。"

　　几个军委领导看到许光达的申请后，也啧啧称赞许光达的高风亮节。

　　对这样一个真正的共产党员，怎能不授予他最高的荣誉呢！

　　毛泽东坚决不同意许光达的申请，军委的领导们也不同意。

　　这样，许光达的"降衔申请"被一致拒绝。

　　许光达得知自己的申请没有被批准，更加焦急。

　　他对妻子说："几十年的风风雨雨，多少和我并肩作战的战友以及更多叫不出姓名的战友都牺牲了！我的这顶'乌纱帽'就是建立在他们流血牺牲基础之上的，我这个幸存者今天已经得到很高的荣誉了，真是'一将功成万骨枯'啊！"

　　妻子看到丈夫如此着急，就建议他再要求降低行政级别，以区别于其他大将。

　　许光达立即给中央军委写信要求降低自己的行政级别。

　　面对许光达的"变相降衔"，中央军委的领导们十分感动，于是同意了他的申请。

　　这样，在后来授衔的 10 位大将中，其他 9 位都是行政四级，享受副总理待遇，唯独许光达是行政五级，享受国务院秘书长待遇。

推不掉荣誉就降低待遇，许光达主动降衔降待遇的崇高风范将永远被人们铭记。

徐立清让级又让衔

1952 年，作为实行军衔制的基础，我军在全军范围内开展大规模的干部评级工作。此时，徐立清是中央军委总干部管理部副部长，在罗荣桓的领导下分管全军干部任免和组织调配工作。

在全军大评级、大授衔的背景下，总干部管理部的干部们掌握着每一个共和国军人的未来，因此，数百万官兵的眼睛都在关注着总干部管理部的工作。

在这样的情况下，徐立清主动提出让级别，将自己的正兵团级职降为副兵团级。

总干部管理部罗荣桓部长和赖传珠副部长都被徐立清这种高尚风格所感动。

他们知道，徐立清无论是德行、资历还是才智、战功，都应该是正兵团级。

徐立清 19 岁时就参加了红军，是红四方面军中颇具威望的领导。

徐立清参加过鄂豫皖苏区 4 次反"围剿"、川陕苏区反"三路围攻"、"六路围攻"等重大战役、战斗。

在长征中，徐立清领导的红四方面军总卫生部竭尽全力，尽可能挽救每一位红军伤病员的生命，最大限度地减少了非战斗减员。

1937 年，徐立清随徐向前西征，失败后率领 1000 多名指战员上祁连山打游击，不幸被俘。

在监狱中，徐立清坚持斗争，他利用放风晒太阳的机会，将被俘的同志们组织起来，成立狱中党支部。

徐立清对大家说，党支部的工作重心是：

第一，做好牺牲的准备。死，对我们来说并不可怕，但死也得死出个红军姿态。一旦敌人杀我们，要昂首挺胸喊口号，喊"共产党万岁、红军万岁"，不能装孬，要让群众看见我们的不屈形象。等将来红军打回来，就会知道，某年某月某日，马家军在这里杀了红军的人，都是些什么人，这些人是怎样就义的。

第二，如果敌人暂时不杀我们，就要想方设法带领大家逃跑。逃出去之后，能找到部队更好，如果找不到，我们就就地发动群众，开展游击战争。队伍扩大了，再去寻找主力。

后来，徐立清和其他同志又被押到蒋介石的嫡系胡宗南部队驻地兰州，关在一所兵营里。

后经党中央多方营救，国民党才答应释放他们。

在抗日战争时期，徐立清参加了开辟晋东南根据地的斗争。

在解放战争时期，徐立清参加了保卫延安和解放大

高级将领让衔

西北的主要战役。

其中，著名的"血战屯子镇"使彭德怀对徐立清念念不忘。

1948 年 4 月，国民党胡宗南部与西北马家军联合反攻，向彭德怀的司令部发动疯狂进攻。缺少援军的司令部机关不得不一退再退，但始终摆脱不掉敌军，情况十分危急。

当彭德怀和司令部机关撤退到陕西省宝鸡市屯子镇时，碰到了六纵政委徐立清。

大敌当前，徐立清临危请命："我带领新编第四旅顶住敌人的进攻，请彭总赶快离开这里！"

徐立清要求六纵以屯子镇为堡垒，诱敌人上钩，掩护彭德怀和西北野战军主力渡过泾河，朝东北转移。

在屯子镇，徐立清率部和敌军死战不退，固守屯子镇与敌人展开拉锯战，使敌人误认为找到了我军主力，于是集中兵力进行攻击。

徐立清率领指战员与敌人血战 3 昼夜，胜利完成了阻击任务，然后悄悄撤离。

当敌人大张旗鼓地攻入屯子镇时，镇子早已是一座空镇……

新中国成立前后，徐立清担任过第一野战军第一兵团政委，率部进军新疆。

进入新疆后，徐立清兼任了新疆军区政治部主任、中共中央新疆分局副书记。

共和国的 历程 · 丰功伟绩

1949 年 12 月，徐立清和王震一道，介绍和平起义的原国民党新疆省政府主席包尔汉加入中国共产党。

1950 年 4 月 1 日，为培养新疆各族干部，由中共中央新疆分局直接领导的分局地方干部训练班，后依次更名为中共中央新疆分局干部学校、中共中央新疆分局党校、新疆维吾尔自治区党校，徐立清曾兼班主任。

同时，徐立清还担任了新疆军区军政干部学校校长，培训和改造起义部队军官。该校后来发展为新疆军区步兵学校。

徐立清的资历、德行、才智、战功，特别是他在红四方面军中的威望，都决定了他只能被定为正兵团级的干部。

所以，总干部管理部罗荣桓部长和赖传珠副部长都不同意徐立清的请求。

但是，顾全大局的徐立清依然坚持给自己评为副兵团级干部。

后来，军委副主席彭德怀专门找到徐立清，明确提出不同意他定副兵团级。因此在定级的审批报告上，彭德怀又将徐立清的副兵团级改为正兵团级。

徐立清让级深深感动了罗荣桓部长，他在军内各种会议上称赞徐立清是一位"以身作则的楷模，同志们学习的榜样"。

1955 年 2 月，全军评定军衔的工作全面展开。能否搞好这次评衔工作，事关军队的稳定和发展。

徐立清在罗荣桓的直接领导下，以高度的政治责任感主持这项工作。

徐立清始终牢记毛泽东"照顾方方面面、不搞山头主义、一碗水端平"的要求。在总干部管理部对全军师以上干部，特别是对1000多名高级干部授予将官军衔的工作中，徐立清自上而下，普遍排队，纵横比较，反复衡量，逐个审查，统一研究，经常工作到深夜。

按照中央军委规定的条件，正兵团级现役军队高级干部一般要授予上将军衔。徐立清完全符合这个规定。但是，当徐立清看到授予上将军衔人员的名单中有自己时，就"以权谋私"，将自己的名字悄悄"下调"到中将行列。

总干部管理部部长罗荣桓看过名单后，亲自找徐立清谈话，关切地批评徐立清说："这是中央军委定的，正兵团级的一般都授上将，你的名字怎么能随便划了呢？你徐立清是有贡献的，是够资格的嘛。"于是，罗荣桓又把徐立清的名字加到了上将名单中。

徐立清让级之后又让衔，并非是认为自己资历不够，而是从评定军衔工作的全局来考虑的。

徐立清考虑到，红四方面军是个"大山头"，资格老、级别高的干部太多，不能在上将中比例过高，要与其他"山头"拉平。

于是，他下决心先把自己减下来，这样做至少有三个好处：一是可以减少红四方面军在上将中所占比例，不突破主席最初的设想；二是对自己有一个正确的估价，激励斗志，克服名利思想；三是便于做一些争军衔人的工作，保证授衔工作的正常进展。

所以，载有自己为上将的名单报到中央军委之后，徐立清感到十分不安。

这时不少同志都劝他说："你是符合授上将军衔的，这个事就不要再提了。"同时也有一些同志对他说："你符合上将条件，非要个中将，其他够上将条件的同志该怎么想？"

听了这些话，徐立清也陷入矛盾之中，一连几天，都在苦苦思索着。最后他给自己找出理由："我是总干部部的副部长嘛，是负责授衔工作的，与别人不一样，他们会理解的。"

正在这时，装甲兵司令员许光达给毛主席和中央军委提交了"降衔申请"，郑重请求不要大将军衔，希望降为上将。

徐立清认为自己有了学习的榜样，连夜给过去的搭档许光达打电话，彼此交流了想法。

许光达说："这是我们个人的想法，跟别人没关系，要坚持下去做出榜样来，看那些争着要高衔的人有啥话可说。"

当晚，徐立清躺在床上翻来覆去睡不着，脑海中总是浮现出牺牲的战友，毛泽东的嘱托。于是他翻身下床，给中央军委和罗荣桓部长写信。信的大意是：

高级将领让衔

此次授衔，我要求低授，是因为我是主管授衔工作的副部长，更应该严格要求自己，为大家做出个好样子。要不然，我就不好去要求别人了。

我出身于一个贫苦家庭，从小给地主家放牛，是党把我培养成一个革命军人，可我与党和人民的要求相比，所做的成绩是微不足道的，授予我上将军衔心里很不安。论德、才、资、功，授予中将我就已经感到十分荣耀了，再三恳求军委和总部领导能批准我的要求。

第二天，罗荣桓拿着这封信和总干部部的另外两位副部长赖传珠、宋任穷进行了商量。他们一致认为，徐立清新中国成立初期就任兵团政委，现在又任军委总干部管理部副部长，在群众中威信高，影响大，应该授予他上将军衔。然后，他们又把这个意见向彭德怀副主席作了汇报。彭德怀同意总干部管理部的意见，决定授予徐立清上将军衔。

彭德怀又把徐立清叫到办公室，请他当面解释不要上将军衔的原因。

徐立清诚恳地说："我是主管授衔工作的，不能在上将的名额中和别人去争。如果把别人减下去显然不合适，把自己减下去比较符合实际，这也是我的心愿，希望能得到您的支持。"

以严厉著称的彭德怀换了一种口吻，亲切地对徐立清说："立清啊，我已经和许光达同志谈了两次话，他也向军委写了报告，要求由大将降为上将，我没有同意。我是很了解你的，你不要上将的事，我看还是商量一下再说，这个问题也不是我一个人说了算，这是组织上的决定。"

之后，彭德怀再三找徐立清谈话，要他接受上将军衔。但徐立清态度非常坚决，一再表示不要上将军衔。彭德怀始终没有答应他的请求。

彭德怀在军委召开的一次会议上提到这件事时说："徐立清我了解，人很好，没有名利思想，而且言必行，行必果。"

听了彭德怀的介绍，毛主席感叹地说："不简单呐，金钱、地位和荣誉最可以看出一个人的思想品格，古来如此！"

此事后来反映到周恩来那里，周恩来亲自找徐立清谈话，做工作。但是，周恩来没有做通徐立清的工作，徐立清反而做通了他的工作。

最后，深受感动的周恩来同意授予徐立清中将军衔。他感慨地说："主席说许光达是一面明镜，共产党人自身的明镜，我说你徐立清也是一面镜子，是难得的一位好同志嘛。"

在授衔仪式举行的前一天，周恩来又专门打电话邀

高级将领让衔

徐立清到中南海面谈，之后，特地把摄影记者叫来，在他的书房里和徐立清合影留念。

1955 年 9 月 27 日下午，在中南海怀仁堂举行的授衔仪式上，徐立清被授予中将军衔，排在 175 位中将之首，获一级八一勋章、一级独立自由勋章、一级解放勋章。

授衔仪式结束后，罗荣桓元帅兴致勃勃地找到了徐立清，说："立清啊，我是很了解你的，你对革命的贡献是很大的。"

望着这位比自己年长近 10 岁的老首长，徐立清激动地说："感谢您对我的鼓励，感谢军委对我的信任。"

和徐立清同期参加革命而被授予上将军衔的红四方面军老战友洪学智等先后握住徐立清的手，对他这种主动让衔的精神表示敬佩。

许光达大将也专门找到徐立清，满怀深情地说："我要求降为上将的请求没有被批准，你成功啦，我祝贺你。"

当晚，在中南海怀仁堂外的草坪上举行了盛大晚宴，周恩来在晚宴上发表了祝酒词，身着将帅服的元帅、将军们兴高采烈，端着酒杯互致问候。

刘少奇副主席突然叫徐立清的名字，徐立清急忙来到刘少奇跟前。刘少奇说："你是一名应该授上将而没授上将军衔的中将。"

徐立清说："您本该授元帅不是也没要嘛，您永远是我学习的榜样。"

正在这时，彭德怀也来到徐立清面前，说："你两个'金豆'的含量可不一般啊。"

徐立清主动要求低授军衔一事，很快在全军传为佳话。

后来，在一次全军高级干部会议上，毛泽东谈到徐立清时一连用了两个好字：徐立清是我党我军的"好同志、好干部"。

高级将领让衔

粟裕主动提出不要元帅军衔

1955 年 9 月 27 日，在北京中南海怀仁堂举行的我军第一次授衔典礼上，粟裕被授予大将军衔，位列十大将之首。

当周恩来将命令状递到粟裕的手中时，看了看眼前这个比自己矮半头的共和国第一大将，目光中饱含深情。

周恩来伸出右手，与粟裕紧紧相握，并用力地摇了一下，心里说：委屈你了，你本来是应该授予元帅衔的。

粟裕却显得很高兴，他微笑地看着眼前的周恩来，对自己的军衔非常满意。

粟裕脸上诚恳的微笑，让周恩来想起几天前在中南海颐年堂里进行的一次讨论。

那天深夜，毛泽东召集周恩来、朱德、刘少奇到中南海颐年堂的小会议室，商讨解放军高级将领的授衔、授勋事宜。在谈到授予元帅衔的人选时，毛泽东说起了粟裕。

毛泽东手里夹着香烟说："论功、论历、论才、论德，粟裕都可以领元帅衔，在解放战争中谁人不晓得华东粟裕呀！"

思维缜密的周恩来说："可也不能不兼顾中国革命的各个历史阶段和各野战军的情况，要尽量做到人心舒畅、鼓舞士气，使全军有一个新的气象、新的面貌。而且粟裕已经请求辞帅呢！"

毛泽东已经知道粟裕辞帅的事情，这使他想起另一些与粟裕做法完全相反的人，他说："男儿有泪不轻弹，只是未到授衔时。我们军队中有些人，打仗时连命都不要了，现在为肩上一颗星，硬要争一争、闹一闹，有什么意思？"

宽厚的朱德笑笑说："肩上少一颗豆，脸上无光嘛！同一时间当兵，谁也没有少打仗，回到家中老婆也要说哩！"

刘少奇端端正正地坐在沙发上严肃地说："要做思想工作，党在军队中的思想工作，这时候决不可放松。"

毛泽东的思想又转回到粟裕，他大声说："难得粟裕！壮哉粟裕！竟三次辞帅，1945 年让了华中军区司令员，1948 年让了华东野战军司令员，现在又让元帅衔，比起那些要跳楼的人强千百倍嘛！"

周恩来也肯定地说："粟裕一让司令二让元帅，人才难得，大将还是要当的。"

毛泽东又补充说："而且是第一大将，我们先这样定下来，十大将十元帅。提交军委讨论最后通过。"

这样，粟裕肩膀上的国徽改成了 4 颗将星。

此刻，周恩来想问一问粟裕：委屈吗？但在这样一个举世瞩目的庄严时刻，他什么也不能说，只能用最温暖的握手表达自己的歉意。

高级将领让衔

粟裕出身于地主家庭，吃穿不愁，但封建的礼教让他感到一天比一天压抑，"四一二"和"马日事变"的血腥屠杀，更促使他毫不犹豫弃笔从戎，立下铲除军阀的志向，那一年，他只有20岁。

从士兵到班长，到连长、营长、团长、师长等直到大将，除了排长，他几乎所有级别都经过了。

从1945年9月至1949年4月渡江战役前，解放军歼敌2万以上的战役共有40次，不含辽沈、淮海、平津三大战役，粟裕直接指挥了11次；歼敌5万以上的战役共有13次，粟裕直接指挥了7次。解放战争我军共歼敌807万多人，粟裕负责战役指挥的第三野战军歼敌近250万人，占总数的三分之一。

中央军委原本是要授予粟裕元帅军衔的。1952年评定干部级别时，粟裕被定为大军区级干部。按照有关规定，粟裕应当被授予元帅或大将军衔。

粟裕指挥的孟良崮战役，在腹背受敌的情况下全歼国民党军王牌主力七十四师。对于这个战果，毛泽东曾跟粟裕打哑谜，让粟裕猜都哪两个人没想到。粟裕连说了"蒋介石"和"黄百韬"，毛泽东说不对。最后毛泽东指着自己的鼻子说："第二个没想到的人就是我毛泽东。"

粟裕指挥的淮海战役，60万小米加步枪的解放军打败了80万装备精良的国民党军。

粟裕指挥的攻占上海战役，是在不能使用重炮，确保上海不停水断电的情况下完成的，上海解放后完整无缺，毫发无损。

粟裕把一批国民党将领打怕了，打疼了，甚至到了一听到粟裕的名字就望风而逃的地步。在战场上，没有哪个国民党军将领能逃脱被粟裕盯上然后被消灭的命运。

正因为如此，毛泽东同大家想法一样，要授予粟裕元帅军衔。

但是，粟裕却认为自己资历不足，不能授予元帅军衔。他想，陈毅也是元帅，自己怎么能和老上级平起平坐呢？新四军出了两个元帅，这也不符合照顾各方面关系的原则。所以，他主动提出不要元帅军衔。

中央军委最终同意了粟裕的请求，授予他大将军衔。

粟裕"辞帅"已经不是第一次了，早在建国前，粟裕就两次推辞总司令的"帅印"。

在战争年代，粟裕多次率领部队与其他部队整编扩编。在整编扩编过程中，粟裕总是坚持以革命利益为重、以团结为重、以他人为重的原则，正确地处理本部与友邻、下级与上级的关系，让自己所属部队的原正职干部担任改编后的副职，把正职让给参与合编的友邻部队，即使有的暂时不能到职，也要将正职空着留给友邻。

1945 年 10 月，中共中央决定成立华中军区，任命粟裕为华中军区司令、张鼎丞为副司令。

张鼎丞年长粟裕 9 岁，曾经参加领导福建西部的农民暴动，担任过闽西南军政委员会主席。新四军组建初期，张鼎丞和粟裕共同领导新四军第二支队，张鼎丞为

高级将领让衔

司令，粟裕为副司令。后来，张鼎丞去延安参加整风，担任中央党校第二部主任。

粟裕认为，张鼎丞是自己的老上级，让他当副手，不利于工作，不利于团结。于是粟裕当即向华中局负责人提出建议，请求任命张鼎丞为司令，自己改任副职。

考虑到粟裕的指挥才能和战争即将开始的迫切需要，华中局负责人没有同意粟裕的建议。

粟裕没有就此罢休，他直接致电中共中央提出建议，内容如下：

中央：

昨在华中局阅悉中央任命我及张鼎丞同志分任正副司令之电示，不胜惶恐。以我之能力，实不能负其重任。而鼎丞同志不论在才德资各方面均远较我为高超。抗战以前，均为长辈；抗战初期，则曾为我之上级；近数年来，又复在中央直接领导之下，功绩卓著，且对于执行党的政策与掌握全局均远非我所能及。为此，曾再三请求华中局，以鼎丞同志任司令，我副之，未蒙允许。为孚众望以利今后工作起见，特再电呈，请求中央以鼎丞同志为司令。我当尽力协助，以完成党中央所给予之光荣任务。

粟裕

十月十五日

但是，中共中央认为由粟裕担任华中军区司令员是很适当的，因此也没有采纳粟裕这一建议。

中共中央在 10 月 24 日明确指示华中局：

> 同意以邓子恢、谭震林、粟裕、张鼎丞、刘晓五人组织华中分局常委，以邓为书记兼政委，粟为司令，张为副司令，谭为副书记兼副政委。组织华中军区，粟、谭到前方工作，指挥野战军，邓、张留后方工作。

10 月 27 日，根据中共中央的批复，华中局再次宣布苏皖军区"以粟裕为司令，张鼎丞为副司令"。

当晚，粟裕出于对革命全局利益的考虑，第二次向中央发出请求改任副职的电报，重申 15 日电报的理由。在电报中，粟裕恳切地说：

> 为慎重并更有利今后工作起见，特再电呈，请求中央以鼎丞为司令，我当尽力协助，以完成中央所给予之光荣任务。

由于粟裕一再谦让，中共中央最后采纳了粟裕的建议。

中央致电华中局并告当时负责苏皖军区的陈毅等人，

高级将领让衔

认为粟裕的提议"是有理由的","中央同意以张鼎丞为华中军区（不称苏皖军区）司令，粟裕为副司令并兼华中野战军司令"。

在华中军区成立大会上，张鼎丞谈到这件事时感慨万千，"这不仅仅是谁当司令员的问题，它反映了共产党员的大公无私、人民战士的互相尊重。有了这种团结，我们八路军、新四军就无往而不胜！"

这就是粟裕历史上有口皆碑的一让司令。

粟裕第二次推辞司令"帅印"是在 1948 年 5 月。

1948 年 5 月，中共中央书记处召开会议，讨论中原战局。会议结束时，毛泽东对粟裕说："陈毅同志不回华野去了，今后华野就由你来搞。"

对此，毫无思想准备的粟裕非常惊讶。

从抗日战争到解放战争，粟裕和陈毅并肩战斗，结下了"陈不离粟，粟不离陈"的深厚友谊，取得了一个又一个胜利。往往是在战役发起后，陈毅离开指挥室，说："我离开这里很必要，免得粟司令事事向我报告，延误时间。"这一点令粟裕心情舒畅。在这个过程中，粟裕深深体会到，有陈毅主持全局，他才能集中精力搞好战役指挥。

因此，粟裕再三向毛泽东请求："陈毅同志无论如何不能离开华野。"

毛泽东说："中央已经决定了，陈毅同志和邓子恢同志到中原局、中原军区工作，华野还是你来搞。"

粟裕知道这是党中央已经作出的决定，要改变是不容易的，于是提出了最后的请求：陈毅同志在华野的司令员兼政委职务继续保留。

毛泽东沉思片刻，同意了粟裕的意见。此后粟裕成为华野的代司令员兼代政委。

这是历史上影响到粟裕后来评级、授衔的"二让司令"。

让掉司令员之名，粟裕却勇敢地担负司令员之责，功名归于他人，职责留给自己，显示出崇高的风范。

人民解放军的首次授衔，已成为历史永恒的定格，也给后人留下了许多佳话及一些遗憾。

毛泽东曾对粟裕说："你是担的大将衔，而干的却是元帅的任务！"

作为解放军"最优秀的将领之一"，粟裕虽然没有元帅军衔，但却是人民解放军一座永远的丰碑。

粟裕两次谦让司令，一次坚辞元帅，成为开国将帅中"只争工作、不争职务，只争重担、不争荣誉"的众多面明镜之一。

"人事有代谢，往来成古今"，当历史的长河淘尽千古风流人物之后，人民解放军军史上的粟裕，必将在人们的心中发出愈来愈夺目的光彩。

高级将领让衔

谭友林等将领主动让衔

1955 年春天，毛泽东不受大元帅衔的消息在军中传播开来。

随后，周恩来、邓小平、刘少奇等党和国家领导人不受元帅衔的消息又在军中引起了更为广泛的反响，这对高级将领们产生了极大的触动。

在这件事情的带动下，一些高级将领主动提出降低军衔，一时传为佳话。

在评衔时，在人民战争中立下赫赫战功的孙毅将军听说要授予自己上将军衔，更加思念起在战斗中殉难的战友，心情昼夜不能平静。辗转反侧之余，孙毅给毛泽东写信，郑重表示：

我只有从劳从苦而乏建树之功，评衔宁低毋高，授我少将衔足以。我投身革命不是为了升高官，要俸禄。

中央军委以标准为据，上下评定，全军平衡，于 1955 年 9 月 27 日，经国务院总理周恩来批准，授予孙毅陆军中将军衔。

与孙毅将军相类似的还有徐海东。

114

正在大连养病的徐海东知道自己被评为大将后深感不安，觉得自从 1940 年病倒在皖东战场上后，自己一直在担架和病床上，几乎没有为党做更多的工作，自己实在愧于接受大将军衔。

当周恩来到大连看望徐海东时，徐海东说出了自己的想法："总理，我长期养病，为党工作太少，大将军衔，受之有愧啊！"

周恩来知道徐海东是红军时期功勋卓著、威震敌胆的猛将，他军事才能突出，指挥艺术卓越，为人光明磊落，对党赤胆忠心，是个可爱可敬的老兵。

周恩来紧紧握住徐海东的手，动情地说："海东同志，授你大将，是根据你对革命的贡献决定的，不高也不低，恰当！"

在评定军衔的过程中，有些高级将领明知自己的军衔被评低了，但依然毫无怨言地继续做好本职工作。

在红军时就是师长的谭友林被授予少将后不久到北京开会。

一到北京，罗荣桓元帅就找他谈话："友林同志，你的衔给授低了。凭你的资历、职务和同期的老战友相比，应该授中将军衔，是我给拿下来的，这里我要向你承认错误，我们工作做得不够细致，下一步给你晋升。"

随后，原红二方面军的王震、萧克等 8 位将军联名给总政治部写信，要求给谭友林恢复中将军衔。

为解决这件事，总政治部多次找谭友林谈话，但是

高级将领让衔

都被谭友林谢绝了。

谭友林表示"一切服从组织"。

和谭友林一样当过红军师长的白志文被评为少将，有人建议他向上反映一下，白志文却说："有什么好争的，多少人连命都没了，我们命大活下来了，评一个少将就该知足了。你们想想邓萍同志，知足吧。"

邓萍原来是红三军团参谋长，牺牲时不到 30 岁。

在共产党员的带动下，一些国民党起义将领也表示让衔。

在授衔前，周恩来就授衔的事情征求兰州军区第一副司令员韩练成的意见。

韩练成是原国民党四十六军军长，早在 1940 年时就在周恩来的引导下成为桂军中一颗暗藏的"钉子"。

1947 年 1 月，韩练成施妙计，配合华中野战军全歼了国民党四十六军，然后回到南京潜伏下来。后来为了躲避追捕，在张治中的安排下到香港避难。建国后成为国防委员会委员、兰州军区副司令员。

周恩来对韩练成说："根据你的特殊经历和条件、贡献，如果按起义的国民党军长对待，可以考虑授上将军衔，但如果按你的入党时间和当时的职务，只能授予中将军衔。你是什么意见呢？"

韩练成当即明确表态："和平建国，我就该功成身退了，还争什么上将、中将？何况，你是最了解我的人，我是什么起义将领？再说，我干革命本来就不是为着功名利禄。"

韩练成坚持按照自己入党时间和职务、级别，接受中将军衔。

周恩来听了，称赞地说："韩练成要党员不要上将。"

绥远起义将领、原国民党军六十九军军长董其武知道自己被授予上将军衔后，马上找到北京军区司令员杨成武说："杨司令有功，应授予上将。我过去有罪，不应该授上将军衔。"

杨成武将此事向中央军委汇报，毛泽东听了就让杨成武立即转告董其武说："杨成武是共产党员，授不授上将没关系，董其武一定要授上将。"董其武一听这话，立刻双泪横流。

长沙起义将领、原国民党军五十五军军长陈明仁在被授予上将军衔后说："国务院授予我上将军衔，这荣誉太高了，我承受不起。希望能降低一点，使工作和荣誉更相称些。"

还有一些将领，在授衔前已被评为将官，但因为工作需要被调离军队，但他们二话不说，放弃授衔机会，马上奔赴新的工作岗位。

例如，后勤学院院长李聚奎，1955 年 5 月，周恩来总理点名让他出任新组建的石油部部长，并告诉他已经被评为上将，但不能等到授衔了。

又如，华北军区后勤部部长兼政委周文龙，已经被评为中将军衔，但中央决定调他去石油工业部任副部长，

高级将领让衔

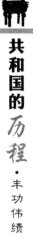

因政府工作紧迫，就不再授衔了。周文龙毫无怨言坚决服从组织安排。国务院正式命令周文龙任职时，离授衔只差几天时间。

在 1955 年评衔时，涌现出许多像谭友林、周文龙这样高风亮节的人。他们顾全大局，正视荣誉，不争功，不夺利，为人民做出了表率。他们的高风亮节和宽广胸怀，永远被人民铭记。

参考资料

《国史全鉴》本书编委会编 团结出版社

《共和国五十年珍贵档案》中央档案馆编 中国档案
　　出版社

《领袖情怀》刘彩云编 人民出版社

《授衔故事》曾思玉等著述 解放军文艺出版社

《1955共和国将帅大授衔》欧阳青著 黄河出版社

《新中国首次军衔制实录》徐平著 金城出版社

《中国现代史资料选辑》彭明主编 中国人民大学出
　　版社

《毛泽东传》金冲及主编 中央文献出版社

《无冕元帅：一个真实的粟裕》张雄文编 人民出
　　版社

《授衔怀仁堂》董保存编著 中国青年出版社

《1949大开国》凌志著 广西人民出版社

《周恩来传》文辉抗 金冲及主编 中央文献出版社

《中国政治》詹姆斯·R.汤森等著 江苏人民出
　　版社

《中国革命史丛书》郭军宁编写 新华出版社

《共和国开国岁月》张国星 何明著 中共党史出版社

《风云七十年》郭德宏主编 解放军文艺出版社